没落した貴族家に拾われたので恩返しで復興させます

3

六山 葵
Aoi Rokuyama
ill.福きつね

CONTENTS

Botsuraku shita kizokuke ni hirowareta node
ongaeshide hukkou sasemasu

登場人物紹介
モゾ
レオンが夢の中で出会った猫。元々は黒い影の塊だった。
レオン
伝説の悪魔の魂を宿す本作の主人公。溢れる魔法の才能を活かして実家の復興を目指す。
テト
モゾに似た姿を持つ使い魔。
ナッシャ
悪魔に誘拐された某国の要人。レオンに助けられた恩を返すため、彼の逃避行を援助する。

ルイズ
勉強熱心な貴族の子女。負けず嫌いな一面も。
ヒースクリフ
王国の第二王子。レオンを敵視していたが今では良き友人に。
マーク
レオンに初めてできた友達。学院寮のルームメイトでもある。

プロローグ

Botsuraku shita kizokuke ni hirowareta node
ongaeshide hukkou sasemasu

深雪を踏みしめるたび、冷たい感触が履物《はきもの》を通して伝わってくる。

南の町で育ったレオン・ハートフィリアにとってその感触は新鮮であり、なおかつ懐《なつ》かしいものでもある。

懐かしさの理由は彼が生まれた場所、そして彼の体の中……心に宿った新たな魂《たましい》にあった。

新たな魂とは人間界では伝説と謳《うた》われた悪魔《あくま》、ファ・ラエイル。

別名エレノアの魂である。

人間を、そして人間界を乗っ取ろうと目論む悪魔、ア・ドルマ率《ひき》いるア族《ぞく》に対抗するため、エレノアは自らの一族の亡骸《なきがら》と自身の力を糧《かて》にレオンを生み出した。

そのエレノアの思い出の地とレオンの生まれた場所、つまり故郷は、雪が絶えず降り積もる極寒の大地だったのだ。

そこは魔界と呼ばれ、レオンが今歩く人間界の大地とは趣《おもむき》が違う。しかし、それでも踏みしめる度に感じる冷たさは確かに懐かしく感じた。

「レオン殿《どの》、そろそろ休みましょう」

レオンの前を歩いていた女性、ナッシャ・ソダニアが振り返りながら言った。

青みがかった黒髪を揺《ゆ》らす彼女は、悪魔に捕まり王都に連れてこられたが、レオンに助けられた。

その恩を返すため、彼を手伝っている。二人は亡命の最中だった。

自国の国王アドルフによってありもしない罪をでっち上げられたレオンは、親友たちの力を借りて国外に逃亡。王都を襲った悪魔を退けたにもかかわらず、今、まさに逃避行中なのであった。

二人が目指すのは北の最果ての国、アルガンド。その厳しい気候と辺境の地にありながらも他国の力を借りずに独自の発展を遂《と》げる鎖国《さこく》国家であり、ナッシャの故郷でもある。

極寒の地でありながら額《ひたい》に汗を浮かべ、苦しそうに肩で息をしているレオンに対して、ナッシャは平然としている。

ナッシャの休憩の提案は、レオンの体力を考慮してのことだった。

「ぐ……うう」

休憩をしようと切り倒された木の根元に腰を下ろしていたところ、レオンが苦しそうに胸を押さえてうずくまる。

ナッシャはすかさずレオンに駆《か》け寄り、その背中をさすりながら魔法で起こした火で沸《わ》かした湯をゆっくりと飲ませる。

「また……暴れているのですね。近くに休息できるところがあるといいのですが……」

ナッシャは心配そうにレオンの顔を覗《のぞ》き込んだ。

この逃避行が始まってからおよそ一ヶ月、こうしてレオンが倒れそうになったことは何度もある。

彼の体の中に取り込まれた魂……エレノアではなく、王都で繰り広げたア族との戦いで取り込んだ八つの悪魔の魂がそうさせるのだ。

エレノアとは違い、自らの意思でレオンの体に取り込まれたわけではない悪魔たちの魂は、今もなお外へ出ようともがいている。

普段はレオンが自身の魔力とエレノアから受け継いだ力を使い抑え込んでいる。

しかし、レオンの体力が落ちた時、あるいはレオンが魔法を使い消耗《しょうもう》した時。あらゆる隙《すき》を狙って悪魔たちはレオンの体を乗っ取ろうとしている。

厳しい山道は着実にレオンの体力を奪《うば》い、彼の体はもうぼろぼろだった。今の状況では満足に魔法を使うことはできない。

「レオン殿、しばしここで休憩していてください。私は上空から道を確認してまいりますので」

ナッシャはそう言って「飛行」魔法で飛び上がっていく。

魔法を満足に使えれば空を飛んで移動することもできるが、悪魔たちの暴走を抑えるには「飛行」魔法は使用できなかった。

「レオン殿、向こうの川沿いに村のようなものが見えました。既《すで》に国境は越えていますし、ひとまず今日はそこで休ませてもらいましょう」

戻ってきたナッシャの提案に、レオンは重い体を何とか起こして頷《うなず》いた。

悪魔の魂が暴れるのを防ぐために満足に魔法を使えなかったレオンたちは、ここまでの道のりを徒歩で乗り切ってきた。

それでも既に王国の国境は通りすぎている。

親友であり、国の第二王子でもあるヒースクリフ・デュエンの計略でレオンは彼に倒され、死んだことになっている。

追ってくる者はおらず、急ぐ必要のある旅でもない。

それでも気は抜けないからと、国境を抜けるまでは村や町を避けてきた。

どこで誰に見られるとも限らないからだ。

そのため、この雪道の中で見つけた村は逃避行が始まって初めて訪れる村だった。

「旅の途中でこの大雪に見舞《みま》われてしまい、友人が体調を崩《くず》してしまいました。どうか一晩《ひとばん》だけでも泊めていただけないでしょうか」

村にたどり着くとナッシャは村長にそう事情を説明した。

国境を越えているとはいえ他国から逃亡していると言えるわけがなく、レオンの体の中で悪魔の魂が暴れているという説明もしづらいために作った嘘《うそ》だ。

村長ははじめは訝《いぶか》しんでいたようだが、ナッシャの後ろにいたレオンの青白い顔を見ると、

「それは大変でしょう。村外れに空き家が一軒《いっけん》あります。今日はそこに泊まりなさい」

と快く滞在を許可してくれた。

ナッシャは礼を言い、レオンの肩を支えながら村長の言った空き家まで連れていくと、床の上にレオンを寝かせた。

そして魔法で囲炉裏《いろり》に火をつける。

「このまま横になって休んでいてください。私は村の方に何か食べ物をいただけないか頼んでみます」

ナッシャはそう言って小屋を出ていく。

扉を開くナッシャの背中を見送りながら、レオンは申し訳ない気持ちでいっぱいになった。

彼女がレオンに力を貸してくれる理由は、レオンが彼女の命を救ったからである。

王都での戦いのなかで悪魔たちは、自分たちが体を乗っ取れる可能性のある人間を様々な国から誘拐《ゆうかい》していた。

その一人がナッシャだ。

悪魔に体を乗っ取られそうだったところをレオンが助けた。

その恩返しでレオンの逃亡を助けているのだが、そういった経緯を越えて十分すぎるほどナッシャは力を尽《つ》くしてくれている。

この旅が順調だったのは最初の一週間だけで、それ以降は魔力も体力も回復が不完全な中、悪魔たちの暴走は度々起こった。

頻度《ひんど》も徐々に高くなってきていて、その度に旅の足は止まる。

その間ナッシャは一言の文句も言わず、レオンを見捨てることもせず支えてくれているのだ。

一体何故《なぜ》そこまでしてくれるのだろう――

そう疑問に思うこともあったが、それよりもレオンはこの状況でも味方でいてくれるナッシャの義理堅さに深く感謝していた。

夜が更《ふ》けた。

遠くで野犬の鳴き声が聞こえる。

レオンはいつの間にかすやすやと寝入ってしまった。

久しぶりに屋根と壁のある環境で、安心したのだ。

その体の上には毛布がかかっており、隣に座ったナッシャは囲炉裏の火が消えないように時折薪をくべる。

湯呑《ゆの》みに入ったお湯を口にしながら、ナッシャはレオンの方を見た。

「ふふ……」

思わず笑みが溢《こぼ》れる。レオンの寝顔は驚くほどに幼く見えた。

まるで母親に抱かれてい眠る赤子のようだと思った。ナッシャはレオンの顔をまじまじと見つめる。

よくよく見ればこの少年は随分《ずいぶん》と若い。成人である十五歳は超えているようだが、まだ学生だと聞いている。

一体何故、こんな少年がここまでの悲劇《ひげき》に見舞われなければならないのか、とナッシャは歯痒《はがゆ》い思いをしていた。

先の戦いで悪魔を退けた少年は間違いなく国の英雄だろう。

それなのに、国王に騙《だま》され国を追われた。

友とも家族とも離されて見知らぬ土地を彷徨《さまよ》っている。

「可哀想《かわいそう》に……」

思わず声が漏《も》れる。

そんな状況にありながらも、レオンは一言も泣き言を言わない。

体の中で異常な魔力が暴れているというのに信念は折れず、人を恨むこともない。

ナッシャはレオンを見て「守らなければ」と思うのだった。

◇

暗い闇《やみ》の中にいた。
酷《ひど》く冷たく、上も下も、右も左もわからない。
一筋の光すら見えない闇の中。それなのに、何故か自分の姿だけは見える。
それが夢の中であることをレオンは知っていた。
幾度《いくど》となく経験した夢の中。魔法で作られた精神世界に雰囲気がとてもよく似ている。
ただ一つ、決定的に違うのは今いるこの場所には明確な恐怖を感じることだった。
「お前の目的は何だ」
暗闇の中で声が聞こえた。
自分に問いかけるその声に聞き覚えはなかった。
「我らを取り込み、新たな力にでもしたつもりか」
今度は違う声。
明らかに怒気を含んでいる。

「いずれ取り返す。必ずな」

「お前の体を乗っ取ってやる」

「我らを取り込んだことを後悔しろ」

次々と降り注ぐ声。レオンはその声の正体に気づいた。

取り込んだ八人の悪魔たちである。

彼らの魂が寝ているレオンをこの精神世界に呼び寄せて、問いかけてきている。

「乗っ取るつもりでも、力が欲しかったわけでもない。あのままじゃ君たちは死んでいた。僕はそれが嫌だっただけだ」

レオンは暗闇に向けて叫んだ。

紛《まぎ》れもない本心であった。

王都でレオンが戦ったのは悪魔が体を乗っ取った人間たち。倒した後、そのままにしておくわけにはいかず、その体から悪魔の魂を引っ張り出した。

しかし、魂だけをその場に残しておくと彼らは消えてしまう。

それを避けるために、レオンは自らの体の中に悪魔の魂を取り込んだのである。

「嫌だった……？　馬鹿馬鹿しい。我らは敵だぞ。その命を救ってお前に何の得がある」

女性の声だった。レオンの言葉を嘲笑《ちょうしょう》するような声だ。

その声はさらに捲《まく》し立てる。

「お前がした行為は救いでも何でもない。問題を先延ばしにし、見たくないものから目を背けただけの偽善《ぎぜん》だ。我らを取り込み、その身に宿したところでいずれは限界が来る。お前の体は朽《く》ち果てるだろう……もっとも、そうなる前にお前は我らの魂を手放すのだろうがな」

その声はレオンにも聞き覚えがあった。

王都を襲った悪魔たちのまとめ役、ア・シュドラと名乗る女性の悪魔のものだ。

「それはわかってる。このままじゃ何も解決しないことは……でも、僕はこの体が朽ち果てるとしても君たちを見捨てたりはしない。そうなる前に必ず答えを見つけてみせるよ」

レオンのその言葉に答える悪魔はいなかった。

人間の戯言《ざれごと》だと思っているのか、単に興味がないだけか。

暗い闇の中に静寂《せいじゃく》が流れ、やがて一言。

「信じられんな」

とア・シュドラの声が響いて夢は終わった。

◇

翌朝になってもレオンは目を覚まさなかった。

昼が過ぎても目を開けない彼を見て、ナッシャは心配になるが、穏やかな呼吸音が聞こえたので、ホッとしてそのまま寝かせておく。

レオンが目を覚ましたのは、夜になってからだった。

「……ここは」

目を開けたレオンは温かい空気に触れ、美味しそうな食べ物の匂いを嗅《か》いだ。

匂いのする方に目を向けると、囲炉裏に置かれた鍋《なべ》をかき回すナッシャがいた。

「起きましたか。今、食事を作っていますので少しお待ちください」

ナッシャが混ぜる鍋の中身を、レオンは体を起こして覗き込んだ。

「村の方たちからいただいた穀物《こくもつ》です。この辺りで育てているものだそうで、備蓄を少しだけ分けていただきました。それから、この時期でも採れる薬草を森の中で見つけたので混ぜてお粥《かゆ》にしています」

ナッシャは鍋の中身を器に盛り、それをレオンに差し出す。

レオンはそれを一口食べて、それから忘れていた空腹を思い出したかのように食べ始める。

その様子を見てナッシャは微笑んだ。

「少し元気になられたようですね。魔力も多少は戻っているようでよかったです」

ナッシャに言われてレオンは自分の体を確認する。

あれだけ重かった体が少しばかり軽く感じる。

疲れも取れているようだった。

「野宿は慣れている者でも満足に疲れは取れませんから。この村の方とこの小屋に感謝ですね」

そう言うナッシャにレオンは頷き、それからここまでの礼と謝罪をした。

ナッシャは咎《とが》めることなく、レオンが食事を済ませるのを見届けてから目の前に地図を広げる。

「王都を出る際にミハイル殿からいただいた周辺諸国の地図です」

ミハイル・ローニン。

王都魔法騎士団の団長にしてレオンが国を出る際に世話になった男である。

彼がナッシャに協力を求めなければ、ここまで来られなかっただろう。

「国境を越えて、我々の現在地はこの辺り。目的地であるアルガンドはまださらに先です。その間には小国ですが、今いるナスラムとそれからイルガという国があります」

レオンはナッシャに説明を受けながら地図を覗き込む。

国を出たことのないレオンにとって、ここまでの道のりは未知のものであった。

そして、それはナッシャにとっても同じこと。

二人が目指すナッシャの故郷、アルガンドは閉鎖国家である。

他国との交易はなく、ナッシャ自身、悪魔に誘拐されるまで国を出たことは一度もなかった。

アルガンドのおおよその位置は知っていても、実際に王国からアルガンドまで旅したことなどなかったのである。

それでもナッシャは頭が良く、地図一つで国境を越えることに成功した。

「およそ一ヶ月で行程の半分……いえ、三分の一といったところでしょうか……」

地図上で王国からアルガンドまで直線を引いたとして、つまり最短距離で見ると、今レオンたちがいる村はちょうど半分ほどの地点にあった。

「この先寒さはより厳しく、雪は多く降るようになるでしょう。国境は過ぎたので身を隠しながら進む必要はなくなったかもしれませんが、それでもアルガンドにたどり着くにはあと一ヶ月半はかかるかと」

追っ手がいるわけではないレオンはこの旅を急ぐ必要はないが、ナッシャには急ぐ理由があった。

度々悪魔たちが暴れ出し、魔力が暴走状態になるレオンのことが心配でいち早く休める場所に行きたいというのもあるのだが、何よりも故郷のことが心配だった。

ナッシャはある夜、突然悪魔の奇襲にあい、なすすべもなく誘拐された。

その光景を見ていた者はおらず、国では突然の行方不明者として扱われているだろう。

いち早くアルガンドに戻り、国と家族に自分の無事を知らせたいと願うのは当然だった。

「本当にごめん、僕が倒れなければ少しは早くアルガンドに着けるのに……」

ナッシャの寂《さび》しそうな、心配そうな顔を見てレオンはもう一度謝罪した。

ナッシャはハッとして、それから優しく笑う。

「気になさらないでください。何度も申し上げましたが、この身はレオン殿がいなければ悪魔に乗っ取られていました。この恩に報いるためにも、必ずレオン殿を我が故郷アルガンドまで送り届けましょう」

そう言って自らの胸に手を置き、胸を張るナッシャ。

無理をしているのはわかったが、今はその優しさに甘えることにして、レオンはそれ以上何も言わなかった。

「村長に話したところ、もう一晩くらいは泊まっていっても構わないと言っていただけました。昼間、魔法で村人たちの困り事をできるだけ片付けてきましたし、村の狩人《かりゅうど》が言うには明日には雪も一度やむ見込みだそうです。今日のところはご厚意に感謝して、今しばらく体を休めましょう」

ナッシャはそう言ってレオンに再度寝るように促す。

そして、レオンに気を使わせないためか、自分も早々に毛布に包《くる》まって寝息を立てるのであった。

◇

翌日の早朝、村人たちが働き出す時間に合わせてレオンとナッシャは村を旅立った。

村長と村人たちにレオンは自ら礼を言いたかったのだ。

心優しいことに、村長は貴重な食料を分けてくれただけでなく、村から一番近い町までの道のりを教えてくれた。

村の狩人の言った通り雪は一度やみ、吹き抜ける冷たい風も少し弱まったおかげで、随分と歩きやすい。休んだ甲斐もあって体も軽かった。

「これなら『飛行』を使っても大丈夫そうだ」

進む速度を上げるためにレオンはそう提案したが、それはナッシャによって却下《きゃっか》される。

「今は体力に余裕があり、魔力も回復しているのでそう感じるのでしょう。しかし、魔法を使えばそれだけ消耗は早くなります。ここは大事をとって今まで通り歩いていきましょう」

そう言われてレオンは再び申し訳ない気持ちになった。

ナッシャがどう言おうが、足を引っ張っているのはレオンが一番感じている。

その事実が申し訳ないのだ。

レオンの様子を見てナッシャは明るく笑う。

「村長に教えていただいた町まではそう遠くはありません。その町で乗り合いの馬車を探せば速度は上がるでしょう」

ナッシャはそう言いながら、レオンのことを「本当に心根の優しい少年だな」と思っていた。

国を追われ、自分も家族や友人と離れ離れになっているというのに、他者の気持ちを汲《く》み取って少しでも早く着こうと努力している。

ナッシャの知る限りここまで性根の真っ直ぐな人間は数えるほどしか会ったことがない。


雪道は深く、一歩進むことさえ大変である。

ナッシャが先頭を歩き、そこにできた通り道をレオンがなぞる。

レオンが魔力を少しでも温存できるようにと配慮《はいりょ》してのことだったが、そのおかげか体力の消耗もそこそこに、日が暮れる頃には村長の言っていた町にたどり着くことができた。

「ここなら、目的地の方へ向かう馬車の一台や二台くらいはあるでしょう」

町の賑《にぎ》わいを目にしたナッシャはほっとしたように言った。

レオンたちが今いるのは、王国と比べてだいぶ国力の低いナスラムという小国。

町といっても大したものではないかもしれないと心配していたのだが、その予想は良い方に裏切られた。

王国の主要都市ほどではないにしろ、たどり着いた町は活気があった。

町に入るやいなや、ナッシャはレオンを振り向き、

「レオン殿、計画を少し変更しましょう」

と言うのであった。

赤の商人編

Botsuraku shita kizokuke ni hirowareta node
ongaeshide hukkou sasemasu

ナスラムはレオンのいた王国と陸続きに隣接した小国である。

その国土は王国の三分の一にも満たず、国力も乏《とぼ》しい。

そして、レオンたちのたどり着いた町はその小国の中でも、さらに端《はし》の方に位置していた。

「ここは……商店通りというのでしょうか」

目の前にのびる一本の道を前にレオンは疑問を投げかける。

商店、というにはそれぞれの店はあまりにも小さく、露店《ろてん》通りと言った方がいいのかもしれないと思った。

「先程酒場で聞きました。この町には定住して商売をする者は多くないそうです。この並び集まった露店もほとんどは旅をしながら売買をする旅商人のものらしいですね」

レオンの疑問に答えるように側に立つナッシャが言った。

この町に着いてすぐにナッシャが口にした「計画の変更」とは単純なものであった。

王国からアルガンドへ向けて旅を続けるレオンたちは、ある問題を抱えていた。

それは、「金銭」に関する問題である。

国を逃げ出す直前まで投獄《とうごく》されていたレオンには、当然旅のために準備をする時間などなかった。王都の魔法学院で愛用していた私物や、それまでバイトやら何やらで稼《かせ》いでいた金品も全て置いてきた。

これまで使っていた杖《つえ》すら持っていない状態である。

そして、それは突然アルガンドで誘拐されたナッシャも同様で、私物の類《たぐい》は一切所持していなかった。

魔法騎士団長のミハイルがある程度の旅支度をナッシャに持たせてくれたために、ここまではなんとかなったが、それでもアルガンドに着くまでには路銀《ろぎん》が心許《こころもと》なかったのである。

「当初は野宿や『飛行』魔法での移動を想定していたため、ミハイル殿からいただいた金銭はそう多くはありませんでした。しかし、レオン殿の今の体調を考えると、人目を気にせずに宿や馬車を利用して体力を温存した方がいいと思うのです」

そう提案したナッシャは当然、そのために必要な金銭を稼ぐすべも考えていた。

「五日ほどこの町に滞在し、体を休めると共にお金を稼ぎましょう。これだけ賑わいのある町ならば魔法使いの需要《じゅよう》もあるでしょう。それに、不足しているものもいくらか買い足せるでしょうから」

「でも、五日もこの町に滞在していていいんですか？　アルガンドに到着するのが遅れてしまいます」

ナッシャがいち早く故郷に帰りたいと思っていることを知っているレオンは聞いた。

しかし、ナッシャは微笑みながら首を横に振る。

「五日ほどここに滞在したとしても、馬車を利用するお金を稼げれば問題はありません。それに、早く着くよりも無事に着く方が大事ではありませんか」

じっくりと話し合い、最終的にナッシャにそう説得されて、レオンはこの提案を受け入れた。

その後二人は町で一番安い宿屋を探し、一泊分の宿代を旅費の中から何とか捻出《ねんしゅつ》するのだった。

◇

翌日、まだ日が昇ったばかりの早いうちからナッシャは宿を出ていった。

「私は町の人たちに何か困り事がないか聞いて回り、仕事を探してきます。レオン殿は今日一日ゆっくりとお休みください」と言い残して。

しかし、そうは言われても、ナッシャだけを働かせて自分は休んでいるなんてレオンには心苦しかった。

確かに悪魔たちの魂が暴れ出し、体を乗っ取ろうとするのは辛い。

そして悪魔たちの抵抗は、レオンの魔力がある程度回復した今も続いている。

レオンは初めてエレノアの魂と同調し、自らの体の中に取り込んだ時のことを思い出す。

ア・シュドラ率いる悪魔たちとの戦いの最中ではあったが、その時の感動はよく覚えていた。

まるで二つに分かれていた肉体と魂が一つに重なり合うかのような不思議な感覚。

体は軽く、無限とも錯覚《さっかく》しそうになるほど膨大《ぼうだい》な魔力。

誰にも負ける気がしないいくらいの万能感があった。

エレノアが今までどのような魔法を使い、どのように戦ってきたのか、考えなくても記憶として浮かんできた。エレノアという一人の悪魔の膨大な経験がレオンの中に蓄積されたのだ。

その戦い方を真似しようとする必要もなく、自然と体が動いてくれた。

あの時の感覚が今はない。

体の中に眠るエレノアの魂を感じようとすると、ア・シュドラたちの魂が出てくる。

レオンとエレノアの間にあった繋《つな》がりのようなものを、他の悪魔たちが遮《さえぎ》っている。

「どうすればいいのかな……」

胸に手を当ててレオンは呟《つぶや》くが、その問いに答えてくれる者はいなかった。

「すごい……」

町の露店通りを訪れたレオンは、昨日は気づかなかったその賑わいと並ぶ品々の多様性を前に息を呑んだ。

宿で燻《くすぶ》っていても仕方がないと思い直し、今できることをしようと外に出たのだが、正解だったようだ。

露店に並ぶ多くの品々――どこの国のものかわからない青果や、見たことがない形をした魔法具の類はレオンの目を惹《ひ》きつける。

それは良い気分転換になった。

しかし、遊びに来たわけではない。

ナッシャが提案した「お金を稼ぐ」という目標を達成するために、できることをしようと考えてきたのだ。

「とはいっても、魔法は満足に使えないし、魔法関連の依頼とかは無理だよな……魔力も体力もそんなに使わないで済む仕事があるといいんだけど」

レオンは露店通りを歩きながらきょろきょろと辺りを見渡す。

道を行く人の表情や態度から困っていることがないか探しているのだ。

五日間という短い時間の中でこの先の旅費を稼ぐのならば、レオンのこのやり方は非効率だと言える。

一般的な魔法使いは仕事を探す時にこんな面倒くさいことはしない。

訪れた町の酒場なり人気の店なり、とにかく人の集まる場所に行き、大勢を前に名乗りを上げるのだ。

「我が名はナッシャ、魔法使いである。我が技術、とくとご覧あれ」

こんな風に。

その大きな声はレオンにも聞こえていた。

視線を巡《めぐ》らせると露店通りを抜けた先、町の広場の中心にナッシャの姿を見つけることができた。

人を集めるためか、広場の噴水《ふんすい》の縁《ふち》に乗り、天に向けて手を掲《かか》げている。

その目論見は成功しているようで、既にナッシャの周りには興味を引かれた人々が集まっていた。

ナッシャは集まった人々に見せつけるように魔法を使ってみせた。

水の魔法だった。

噴水から溢《あふ》れ出した水が一度ナッシャの手を介して空に打ち上がり、水竜となって空を泳ぐ。

その見事な魔法に人々から拍手が起こった。

「もう一度名乗ろう。我が名はナッシャ。今日より五日間、この町に滞在する予定だ。その間何か困り事があれば我がもとに来られよ。依頼の大小にかかわらず引き受けると約束しよう」

ナッシャはそう言って、受付場所となる酒場の名前を宣言した後に姿を消した。

つまり、一般の魔法使いの典型的なやり方とはこうなのである。

人を集めて自らの魔法の才能を示し、困り事がある人が見つけやすいようにする。

当然酷く目立ち、顔も名前も覚えられてしまう。

死んだことになっているレオンにはできるはずのない方法だった。

「あっちはナッシャさんに任せて僕は僕にできることをしよう」

レオンは心の中でナッシャにもう一度礼を言った。

他の人たちは気づかなかったかもしれないが、レオンには見えた。最後の方、広場から立ち去る前のナッシャの耳が赤くなっていた。

彼女は誘拐されるまで一度も国の外に出たことがなかった。旅をして各地で困っている人を助けて回る一般的な魔法使いとは違うのだ。

魔法使いの興行について、知識はあったのだろうが実践するのは初めてだったはず。

名乗りを上げるのが恥ずかしかったのだろう。それでもレオンを連れて無事に旅を続けるために勇気を出した。レオンはその勇気に感謝した。

表立っての旅費稼ぎをナッシャに任せたレオンは振り返り、露店通りへと戻る。

レオンが探しているのは魔力も体力も使わずに済むような仕事。もしくはここからアルガンドまで旅をするのに有益な情報や旅の道具の類である。

「おい、こんな不良品売りつけやがって。どうしてくれるんだ！」

「そ、そんな……不良品だなんて」

争う声が聞こえて、レオンは視線を動かす。

見ると揉《も》めているのは露店の店主と客のようであった。

黒い無精髭《ぶしょうひげ》を生やした、見るからに気性《きしょう》の荒《あら》そうな中年の男が露店の店主の胸ぐらを掴《つか》み、脅《おど》している。

店主の方は随分と気が弱そうで、その細腕では男に対抗することなどできないだろう。

「さて、どうしたものか」

レオンは悩《なや》んだ。

一見すると弱い者いじめにあたるこの状況。

ただ、注視するとそうではないと気づく。

まず、怒声を上げる中年の男はその剣幕とは裏腹に、実際に手をあげようとはしておらず、暴力で解決しようとしているようには見えない。

また、その男の右腕には包帯が巻かれている。

脅されている店主の方も謝罪の意思を示してはいるが、困惑した表情を浮かべている。

どうやら、何か行き違いがあったらしい。

そう思ったレオンは旅用に着ていたローブのフードを目深《まぶか》にかぶる。

仲裁に入るのならば、できるだけ目立たないようにしようという工夫だった。

「何かあったんですか？」

声をかけると、まず最初に反応したのは中年の男の方だった。

「ああ？」

ドスのきいた声を響かせてレオンを振り向く。

男は訝しげにレオンのことを見ていたが、このままでは埒《らち》があかないと思ったのか、やがて事情を説明し始めた。

露店の店主は昨日この町にやって来た旅商人で、中年の男は昨日のうちに店主から商品を買った客なのだという。

「こいつが簡単に火がつくランプがあるとか言うから買ってやったが、家に持って帰って試してみても一向に火なんかつきやしねぇ。挙げ句の果てにはランプ自体が熱くなっちまって、それを触ってこの通りの大火傷《おおやけど》よ。その代金の返金と怪我の治療費を取りに来たんだが、首を縦に振りやがらねぇんだ」

男が説明すると、

「ですから、昨日も動くかどうかはわからないと言ったではありませんか。ここにあるものは皆、私が各地で気に入り購入した魔法具なのです。見た目はとても良いですが、中には壊れて動かないものもあると何度も言いましたよ」

と店主が反論する。

レオンが露店の棚《たな》に目を向けると、男が言っていたランプの魔法具らしきものが置かれていた。

「少し、その魔法具を見てもいいですか」

店主と男に了解を取って、レオンはランプの魔法具を手に取る。

なるほど、店主の言うように見た目がとても良く、細部までデザインに凝《こ》っていることがよくわかる。

また、中年の男が言っていたことも嘘ではないらしく、試しにレオンが魔法具を起動しようとすると、中で魔力が動くのは感じるものの、ランプに火が灯ることはなかった。

「よかった。これなら何とかなりそうです」

レオンはホッとした様子で言うと、店主に向き直る。

「このランプ、いくらでお売りしたんですか？」

その質問に店主は戸惑《とまど》った表情のまま答えた。

レオンの思った通り、この手の魔法具にしては破格の安さである。

次にレオンは中年の男を見て、

「この魔法具を直しますので、今回の件は目を瞑《つむ》っていただけませんか？　この魔法具が綺麗《きれい》に直ればあなたが購入した金額の二倍……いえ、三倍程度の価値にはなると思います。必要であれば売っていただき、そのお金を治療費にあてるというのはどうでしょう」

そう提案した。

店主は目を丸くして、中年の男もまた驚いていた。

それから中年の男は渋々《しぶしぶ》といった顔で頷き、

「本当に直せるならな」

と了承した。

レオンは頷くと、辺りをきょろきょろと見回し始める。

そして、該当の人物を見つけると走って近づいていった。

「突然すみません。魔法具に詳しい魔女の方とお見受けしますが、『印《いん》』を付与するためのペンを少しお貸しいただけないでしょうか？」

レオンが頼ったのは町を歩いていた一人の魔女である。

腰には見事な数の魔法具をぶら下げていた。

見るからに魔法具に精通している様子が窺《うかが》える魔女だ。

魔女は突然の頼みに戸惑った様子だが、レオンが事情を話すと快くペンを貸してくれた。

レオンはそのペンを持って道の端に移動すると、そこに腰を下ろす。

それから店主に借り受けたランプの魔法具をひっくり返し、その底の部分に何やらペンで書き込み始めた。

「へぇ、見事なものね」

レオンが作業をしているのを横から覗き込んでそう興味深そうに呟いたのは、ペンを貸してくれた魔女である。

彼女は大して名の売れていない、しがない魔法使いの一人であったが、それでも魔法具に関してだけは自信を持っていた。何しろ、とある国の魔法学院を卒業して以来、請《う》け負《お》った魔法使いとしての仕事のほとんどは魔法具に関連したものだったからだ。

その彼女から見ても、レオンの魔法具の修復は見事と言わざるをえなかった。

「以前、魔法具の印の複写のバイトをしていたんです。それに、先輩に魔法具に詳しい人がいて色々と勉強させてもらいました」

印とは魔法具を作るため、魔力を文字にして道具に記すものだ。レオンは前に、同じような仕事を尊敬する学院の先輩であるクエンティンに紹介してもらったことがあった。

とはいえ、レオンの魔法具製作の技術は飛び抜けて高いというわけではなかった。

しかし、道具に印を書き写す魔法には無駄がなく丁寧で、それでいて付与するスピードも速い。

レオンが魔法具を直す頃にはいつの間にか魔法使いを中心とした野次馬が出来上がりつつあり、直した魔法具に記された印を見て小さな拍手が起こっていた。

「あんたすごいな。これなら何の文句もない」

先程まで怒っていた中年の男もレオンの仕事の速さに感心したらしい。

火が灯るようになったランプを手に、上機嫌で帰っていった。

「本当に助かりました。ありがとうございます」

深々と頭を下げる露店商人にレオンは手をあげて答える。

それから借りていたペンを魔女に返そうとした。

「あなた、それほどの技術を持っているなら私のところで働かない？　高いお給金は出せないけれど安定した仕事は提供できるわよ」

魔女はペンを受け取ると、レオンにそんな提案をした。

いつの間にか彼女の目は同業者を見る者のそれに変わっている。

高い技術を持っているのに魔法具の製作に必要なペンすら持っていない。

まだ魔法使いとしての経験が浅い素人だろうと目をつけたのだ。

「お誘いは大変嬉しいのですが、目的のある旅の最中でして……仕事は欲しいのですが長期的に働くことはできないんです」

レオンがそう断ると魔女は残念そうにしながらも、あっさり引き下がる。

「そう、わかったわ」

どうやら彼女の思惑は「商売敵《がたき》になるくらいならば雇《やと》ってしまえ」というものだったらしく、レオンに長期的に働くつもりがないとわかって安心したようだ。

魔女は最後に、

「気が変わったらここにおいでなさい」

と、泊まっている宿屋の名前が書かれた紙を手渡して颯爽《さっそう》と帰っていった。

残ったのは露店商人とレオンの二人。

そして、レオンにとって重要な話はここからであった。

いくらレオンでも困っている人がいたら無償で助けるわけではない。

もちろん気持ちとしてはそうしたいし、できる限りそうするだろう。

しかし、それと同時に、今自分が置かれている状況もレオンはしっかりと理解しているつもりだった。

「それで……ここからが本題なんですけど」

露店商人に切り出す。

レオンが彼を助けたわけ、思惑を明かすために。

◇

宿屋に戻ってきたナッシャは小さくため息を吐いた。

一仕事終えた疲れもあったがそれだけではなく、何とか今日泊まる分の宿代を稼ぐことができた安堵《あんど》のため息だ。

町で一番安い宿屋というだけあってその質はかなり悪い。

部屋の寝具の類はボロボロで埃臭《ほこり》いし、掃除もところどころ行き届いておらず、汚いと言わざるをえない。

壁のどこかにヒビでも入っているのか、隙間風もある。

せめてもう少しグレードの高い宿屋に引っ越したいと思い、宿代は一泊分ずつ払っているが、今後のことを考えるとあまり無駄遣いできない状況だった。

「明日はもう少しマシな仕事があるといいのですが」

これだけ活気がある町ならば仕事も多いだろうというナッシャの読みははずれ、受けられた仕事は一件だけ。それもそこまでお金にならない建物の修理の依頼だった。

人の手が届かない高所の修理依頼だったが、魔法使いであるナッシャにとってはなんてことはない。

「飛行」魔法で修理箇所まで行き、土魔法で一瞬にして依頼を達成してしまった。

それでも二人で一泊する分の宿代にはなったのだから、良しとするべきだろう。

「レオン殿、ただいま戻りました……」

少し浮かない顔で部屋に戻ったナッシャの目に映ったのは、ベッドの前に積み上がった魔法具の山と、それを前にしてペンを持つレオンの姿であった。

「レオン殿、これは一体……」

集中していたレオンはナッシャの帰宅にすぐには気づかなかった。

ハッとして顔を上げてからナッシャを見て、

「お帰りなさい」

と笑いかける。

それから事情を説明した。

露店商人と中年の男の争いを仲裁したレオンはその後、露店商人にこんな提案をした。

「残りの魔法具を全て修理するので、その分のお金をいただけませんか」

露店商人の売り物の中には他にもデザインは良いが壊れていて、置き物にしかならない魔法具がいくつもあったのだ。

レオンが目をつけたのはその魔法具だった。

元手となるお金があれば露店商人からその壊れた魔法具を安く買い取り、自分で修理して高く売り払うということもできたのだが、あいにくレオンにはそのお金がない。

そこで、自分が修理をするので、賃金を払ってもらえないかと交渉したのである。

露店商人はこの誘いにすぐに乗った。

レオンに修理代を払ったとしても、使えるようになった魔法具を売れば十分に採算が取れるからだ。

「なるほど、それでこの魔法具の山というわけですか」

話を聞いたナッシャは素直に感心した。

魔法具の修理、製作は魔法使いの一般的な仕事である。

魔力を持たない普通の人間にも扱うことのできる魔法具は需要が高いのだ。

それに、レオンが魔法具の修理に焦点《しょうてん》を当てているのも良かった。

「魔法具を製作するにはその魔法具に込める分だけの魔力が必要になりますが、修理であれば魔法具に魔力を込める必要はありませんからね。これは今の僕にできる唯一の仕事だと思います」

魔法具にはその内部に必ず魔石と呼ばれる核が存在する。魔法具を製作する時にはその魔石に魔力を充填《じゅうてん》する必要があるのだが、修理であれば話は違う。

魔法のペンを使って魔法具に書かれた消えかけの印を書き直すだけだ。

必要なのは魔法のペンと魔法のインクだけで、魔力はいらない。

もちろん魔法具の修理の中には魔石に魔力を補充し直さなければならないものもあるのだが、そういったものをレオンは事前に断っていた。

レオンの話を聞きながら、ナッシャは何やら考え込むような顔をしていた。

魔法を使えないレオンの代わりに自分が頑張らなければと思っていたが、この方法ならばレオンもしっかりとお金を稼げるだろう。

つまり、魔法使い二人分の収入が期待できる。

しかし、直せる魔法具を選別していたら収入は半減するだろう。

「レオン殿、明日は今日請け負わなかった、魔力の補充が必要な修理も引き受けてきてください」

考えた末、ナッシャはレオンにそう提案した。

レオンは戸惑った顔をする。

魔石に魔力を補充すると、当然その分の魔力を消費してしまう。

ナッシャがこの町でお金を稼ごうと言い出したのは旅を少しでも楽にして、レオンの体力と魔力の消費を抑《おさ》えるためだったはずだ。

「レオン殿は印の修正を。魔石に魔力を補充するのは私が行います」

ナッシャの言葉を聞いて、レオンは納得した。

そしてこの方法のおかげで二人は、五日間で安い宿に泊まる必要がなくなるくらいのお金を稼ぐことができるようになった。

◇

翌日、レオンが露店商人に渡した魔法具はどれも見事に直っていた。

それに感動した露店商人は残りの魔法具の修理も全てレオンに依頼し、さらにはその噂《うわさ》を聞きつけて、壊れた魔法具を持つ他の露店商人や町の人たちがレオンを頼って集まってきた。

レオンが請け負う修理の依頼は相場よりも安く、そして速かった。

魔法具の製作は一切行わないとレオンが宣言したおかげで、魔法具を生業《なりわい》としている他の魔法使いからも大きく恨《うら》まれることはなかった。

そして、五日でそれなりにまとまった額の旅費を手にしたレオンとナッシャの二人は馬車を雇い、次の町に向けて出立したのである。


「レオン殿、これを」

馬車に乗る前にナッシャはレオンにとある魔法具を手渡した。

「これは？」

「いえ、その……思いのほか人気が出てしまいましたので」

ナッシャは少し申し訳なさそうにしていた。

仕事が増えてお金を稼げるのは良いことだが、レオンに注目が集まりすぎるのは良くない。

そこでナッシャは町を出る前にとある魔法具を購入したのだった。

「染髪《せんぱつ》の魔法具です。これをつけている間は髪の色を好きに変えることができるそうですよ」

ナッシャが手渡したのは首飾りの形をした魔法具だった。

試しにレオンがそれを首からかけてみると、レオンの白い髪はすぐに赤く変わる。

「レオン殿の白い髪はとても綺麗ですが、何分人の目を引きますので、旅の間はその変装をした方が良いかと」

魔法学院でも異端とされた白い髪の毛だ。フードで隠しているとはいえ、目に入れば注目を浴びる。

レオンはナッシャに礼を言い、旅の間はできる限りその首飾りをつけておこうと思った。

二人を乗せた馬車は軽快に走り出す。

旅に必要な荷物もある程度揃《そろ》った。

アルガンドまではまだ遠い。

しかし、レオンとナッシャの不安は幾らか軽減されていた。

◇

町を出立して一ヶ月。

レオンたちは小国ナスラムの国境を越え、さらにその先の国イルガにいた。

ナスラムの国境を越えるのは難しくなかった。

念のため人目を避けて、街道沿いではなく山を越える道を選んだのだが、宿の温かい布団で体力と魔力を回復させながら移動したことで、レオンが途中で倒れることはなかった。

魔法を使わないように気をつけ始めてからおよそ二ヶ月。

レオンの魔力は十分回復し、体の中で暴れる悪魔たちを押さえ込むのを、苦に感じなくなっていた。

「今なら少しくらい魔法を使っても大丈夫だと思いますよ」

というのが口癖になりつつあり、ことあるごとに「飛行」魔法で移動しようと提案するが、ナッシャは中々首を縦に振らなかった。

「何度も言いますが、旅では何が起こるかわかりません。追っ手はいないにしろ、野盗《やとう》に襲われる可能性はあるのですから、魔力が残っているのなら戦いの時のために取っておいてください」

ナッシャのこの言葉のおかげで、二人は無事にイルガまでたどり着いたと言ってもいいだろう。

国境を抜けるための山越えの最中、実際に野盗に襲われたのである。

それでも旅費を稼ぎながら移動する二人にとって、野宿は随分と快適なものに変わっていた。

大きなテントにふかふかの寝袋。

「欲求に関わる部分を節約するべきではありません」

というナッシャの助言によって、野宿の道具は良いものを揃えていた。

そのことで、野盗に目をつけられてしまったのだろう。

「ほら、レオン殿。私の言った通りでしょう。旅の間は何があるかわからないのです。魔力を温存しておいてよかったでしょう」

野盗の首根っこを掴まえながらそう得意げに話すナッシャに、レオンは苦笑するしかなかった。

ナッシャはそう言うが、実際に野盗をほとんど倒したのはレオンではなく彼女であった。

道中の町で購入したという杖を携え、野盗たちの前に飛び出ると、迫りくる矢や剣をかわしながら魔法を繰り出して蹴散らす。

特に、敵の頭領《とうりょう》らしき大柄な男の右腕を風の魔法で捻り上げたのは見事だった。

大の男が痛みに顔を歪《ゆが》め、涙でぐしゃぐしゃにしながら降伏したのだから。

「く、『紅《くれない》の行商』だ……逃げろ！」

頭領が敗北したのを見た手下の野盗たちはそう口々に言い残して、散っていった。

ただ呆然《ぼうぜん》とその光景を見ていたレオンは「紅の行商？」と、聞きなれない言葉に首を傾げるばかりであった。

その言葉の意味を理解したのは山を下り、イルガに入国して最初の町に着いた時である。

捕らえた野盗たちを町の兵士に引き渡すと、

「お見事です。さすが魔法使いの二人組、紅の行商ですね」

と兵士に言われたのだ。

そこでようやくレオンは、紅の行商はどうやら自分たちのことを指しているのだと理解した。

町にはその他にも噂が広がっていて、紅の行商は魔法具の修理を無償で請け負ってくれるとか、相方である魔女は杖の一振りで大熊を塵《ちり》にしたなどと、あることないこと言われているようだった。

◇

「熊を塵になんてしてませんよ！　冬眠の遅れた大熊が人を襲わないように森の奥に追いやっただ

けじゃないですか！」

新たな町の酒場でやけ酒とも言えるような豪快な飲み方をしていたナッシャは、いつの間にか顔を赤くしてそんな風に愚痴《ぐち》をこぼしていた。

その相手はもちろんレオンである。

普段のナッシャからは想像できない剣幕を前に、レオンは苦笑いを浮かべている。

「まさかこんなに早く名前が売れてしまうとは思いませんでしたね。ナッシャさんにいただいた魔法具、常に身につけておいてよかったです」

やはり紅の行商は、レオンたちのことであった。

町から町へと移動してアルガンドを目指す最中、二人は暇《ひま》さえあれば仕事の依頼を請け負っていた。

レオンは町の中で魔法具の修理の依頼を、ナッシャは町の外で害獣の駆除《くじょ》や野盗の討伐などだ。

二人とも仕事が正確で丁寧で、どこの町でもすぐに評判になった。

特にレオンの方は依頼を受ける相手の多くが旅商人だったことが、噂を加速させた原因だろう。

噂に尾《お》ひれがつき、話はどんどん大きくなって、

「紅の魔法使いはとても優秀で、そのお供である魔女は冷酷非情である」

といった情報まで流れ始めていた。

レオンたちを襲った野盗が恐れをなして逃げ出したのは、これが理由だったようだ。

「レオン殿、私そんなに怖いですかねぇ……これでも国では『三本の指に入る美貌《びぼう》』なんて呼ばれたこともあるのですが……」

酒に酔《よ》ったナッシャは終《しま》いには泣き出してしまった。

冷静沈着なアルガンドの魔女ナッシャ。酒に弱く、泣き上戸《じょうご》なところは彼女の数少ない弱点であった。

「ところで、ずっと気になっていたのですが、ナッシャさんのそれ。随分と珍しい杖ですね」

酔っ払った女性の扱いに困惑したレオンは話を逸《そ》らすために、ナッシャが身につけている手袋を指差しながら言った。

その手袋こそ、ナッシャが前の町で購入した杖である。

レオンの知る杖といえば、木材から削《けず》り出したものが多かった。

魔力を伝導させる特別な素材を元にすることで、素手よりも魔法を扱いやすくするのが杖の役割である。

中には剣や本などに印を施して杖の代わりにする魔法使いもいるのだが、手袋を杖にしている魔法使いというのをレオンは見たことがなかった。

「え？　ああ、そうですね。アルガンドは国の特殊性から、独自の文化を発展させていますので。

杖の形も他の国とは随分と違うようです。といってもこれはアルガンドの杖ではなく、ただ手袋に杖と同じ印を記しただけのものですが」

レオンの質問は泣いていたナッシャの興味を、上手いこと引いたらしい。

彼女は手袋をまじまじと見つめると、故郷を懐かしむかのように優しい目をした。

「独自の文化……ですか」

魔法の話はレオンの興味をそそる。

王国の魔法学院で教わった魔法は、王国で発展を遂げたものが多い。

しかし、魔法は国によって様々に発展するというのをレオンは本で読んだことがあった。

国を追われての旅という悲劇的な経緯だったが、独自の文化に触れられると思うと、レオンはアルガンドに着くのが待ち遠しかった。

◇

翌日、まだ頭が痛そうなナッシャと共に、レオンは町を出立した。

ナスラムと同じくイルガも小国なので、国土はそれほど広くない。

馬車を雇い順調に進めば、今日中にも国境を越えられるとのことだった。

「ただ、イルガの国境を越えればすぐにアルガンドというわけではありません。その間には極寒の地『シュトルム渓谷《けいこく》』が広がっています」

ナッシャは言った。

馬車の揺れと昨晩の酔いが相まって随分と気持ちが悪そうだ。

レオンは魔法具の消えかかった印を書き直しながらその話を聞いていた。

乗せてくれた馬車の旅商人が、

「馬車のお代はいらないので代わりに」

と修理を依頼してきたものである。

「そのシュトルム渓谷というのはそんなに大きいのですか？」

地図にはシュトルム渓谷のところだけあまり詳しく載《の》っていなかった。

その理由をナッシャが説明する。

「シュトルムはアルガンドの古代の言葉で『絶望』を意味するそうです。その言葉の通り、土地自体が広く高低差もあり、おまけに絶えず吹雪《ふぶき》が吹きつけるような土地です。大抵の人間は足を踏み入れたら戻ってくることはできないと言われています」

地図にシュトルム渓谷だけが載っていない理由はまさにそれだった。

イルガ国とアルガンドの間を隔《へだ》てるシュトルム渓谷。

そして、アルガンドは鎖国国家。

シュトルム渓谷に入って測量し、地図を書こうという物好きは、イルガ国をはじめ他のどの国にもいなかったのである。

「そんなに大変な土地なんですね……大丈夫でしょうか」

ナッシャの説明でレオンはにわかに不安に駆られた。

普段の彼ならば何の問題もないだろう。

シュトルム渓谷がどれほど広大な土地だとしても、「飛行」魔法で飛び越えればいいのだから。

しかし、今はそれはできない。

歩けば何日かかるか、いや何ヶ月かかるかもわからない土地を「飛行」で移動し続けたら、当然その分の魔力を消費してしまう。

そしてその好機を、彼の体の中の悪魔たちは見逃しはしないだろう。

夢はあの日以来見ていなかった。

レオンから呼びかけても、ア・シュドラたちは反応を示さない。

それでも、体の中で常に荒ぶり続ける彼らの魂が「決して協力はしない」と告げている。

エレノアとの魂の繋がりも邪魔されてしまい、レオンは今何とも言えない孤独を感じていた。

「前は、これが普通だったのに」

魔法学院で生活していた時、自分がまだ悪魔によって造られた存在だと知らなかった時はエレノアとの魂の繋がりなど感じたことはなかった。

しかし、ア・シュドラとの戦いの最中、エレノアの魂と一体化して得たあの感覚をレオンは忘れられないのだ。

何でもできるような万能感だけではない。

温かく、包み込むような感覚。

満たされた感覚が確かにあった。

そして、今はその感覚すらも消えてしまっている。

それは酷く寂しいものだった。

「……心配せずとも、シュトルム渓谷が未知の脅威《きょうい》なのはこちら側での話です。アルガンド出身の私がいれば案ずることはありませんよ」

レオンの暗い顔を「この先に対する不安」と勘違いしたナッシャがレオンの手を取り、微笑みかける。

極寒の風に晒《さら》されながらも、その手は不思議と温かかった。

ナッシャの話ではシュトルム渓谷は確かに過酷な環境だが、アルガンドの人々はこちら側の者たちほど恐れを抱いていないらしい。

それよりも、その過酷な環境を利用して兵士の訓練をしたり、時には狩りを行ったりもするという。

シュトルム渓谷はアルガンドの防壁のように他国との間に立ち塞《ふさ》がり、そしてアルガンドの民たちと共にそこにあるのだ。

馬車は何の障害もなく進み、予定通り暗くなる頃にはイルガの国境にたどり着いた。

「本当にここでいいんですかい?」

暗くなり周囲の様子ははっきりわからないとはいえ、辺りには明らかに人の気配はなく、ただ不気味な静寂に包まれている。

不安そうな顔をした旅商人がそう聞いてくるので、レオンは頷いた。

「僕たちはここで一夜野宿して、明日また出発します。もう遅いですし、良ければご一緒しますか?」

レオンが旅商人にそう提案したのは、暗くなってから明かりのない道を馬車で戻るのは危険ではないかと考えたからである。

しかし、旅商人は引きつった顔をして、

「いやいやいや、勘弁《かんべん》してくだせぇ。この辺りには人に慣れてない獣《けもの》が多く出ると聞きますし、野盗だって怖がって近寄りませんから、悪いことは言いませんから、あんたたちもあっしと一緒に戻りましょう」

旅商人はレオンに預けた魔法具がえらくお気に入りだったらしく、それを直してくれたことに感謝して、善意でそう言ったようだった。

まだイルガ国内とはいえ、そこはもうシュトルム渓谷の目の前。

暗くてわからないだけで、眼前には過酷な環境が広がっているはずである。

渓谷には獰猛《どうもう》な獣や、人と接したことのない未知の魔法生物までいる。

こんなところで野宿をするのは自殺行為だと言っているのだ。

しかし、レオンたちにも考えがないわけではなかった。

正確にはこの渓谷をよく知っているナッシャに考えがあり、一晩野宿をすると決めたのであった。

レオンたちが折れないとわかると、旅商人は渋々といった様子で来た道を引き返していく。

見えなくなるまで馬車を見送り、レオンは心の中でもう一度礼を言った。

「さて、早速野宿の準備をしましょうか。レオン殿、いつも通りお願いしても良いですか？」

ナッシャはそう言うと、辺りを見渡して野営するのに適している候補地を探し、大きな岩が屋根のようになっているところを選んだ。

魔法でそこに熱を生み出し、岩の上とその下の地面に積もった雪を溶かしていく。

雪が完全に溶け切り、蒸発して乾いた地面に変わるまでその作業を続ける。

これはアルガンド人の特徴なのか、それともただナッシャが優れているだけなのかレオンにはわからなかったが、彼女は夜目《よめ》がとてもきくようだ。

さすがに昼間と同じようにとはいかないものの、目を凝らせば数十メートル先まで認識でき、動くものがあれば気づく。

そのナッシャが言うには、今のところこの近くに自分たち以外の生物は見当たらないらしい。

「それでは私は結界を張ってきますので、あとはお願いします」

ナッシャはそう言って、杖を持ってその場を離れる。

一度野盗に襲われて以来、寝床を囲む四方に結界の柱を立て、寝る場所には獣も人も近寄れないようにするというのが野宿の決まりだった。

こうすることで見張りの必要をなくし、レオンだけでなくナッシャも体力を温存できるようにしているのだ。

ナッシャが結界を張りに行っている間、レオンにもやるべきことがある。

テントを張り、薪《まき》を集めることだ。

レオンは岩の屋根に大きな布を被せて即席の壁を作ると、布の上に重しとなる石を置き、さらに地面にたれた布に杭を打ちつけて地面に固定した。

こういった作業も魔法を使えばすぐに終わるが、魔力の消費を抑えるために使わない。

また、ナッシャが言うにはアルガンドには「魔法に頼りすぎない」という考え方があるらしく、魔法を使わなくてもできることは極力使わないで行うという。

その方針に従ってナッシャは極力レオンに手を貸さないようにしていたし、レオンもこれからアルガンドに行くのだからその慣習に慣れておこうと思い、魔法の使用を控《ひか》えていた。

テントを張り終えると、今度はその中に荷物から取り出した寝袋を敷《し》く。

ナッシャの提案で少し贅沢《ぜいたく》をした寝袋は普通のそれとは違い、ふわふわで極寒の地でも問題ないくらいに温かい。

さらに地面からの冷気を防ぐために、本来は屋根として使う分の布を地面に敷いて断熱する。

その上に寝袋を置けば、ひとまず寝床の準備は完了である。

レオンは荷物の中からランプの魔法具を取り出してテントの外に出る。

夜道用に町で購入したものだ。

レオンが初めて修理した見事なデザインのランプとは違い、シンプルな見た目で形も小さいので随分と安く購入することができた。

そのランプに火を灯し、レオンはテントの周りを歩き始める。

ナッシャが結界を張るのは寝床を中心に大体四、五十メートルほどの範囲。

その中であればどこを歩いても危険は少ない。

それよりも先に進むとなればナッシャの護衛が必要だが、薪を集めるだけならば事足りていた。

しかし……

「全然木が生えてないな」

ランプの灯りを頼りに周囲を見渡しながら歩くが、木は一本も生えていなかった。

今までであれば野営する場所の近くには大抵森があり、その木々の葉が邪魔をして雪が高く積もっていることもなかった。

しかし、イルガの国境付近はまるで様子が違う。

木がないせいで、場所によっては雪がレオンの腰ほどの高さにまで積もっている。

ここまでは何とか歩いてきたものの、これ以上は時間も体力も余計に奪《うば》われそうだった。

「仕方ない。無理はするなとナッシャさんにも言われてるしな」

レオンは潔《いさぎよ》く引き返すことにする。

こういった場合、無理をしたからといってどうにかなるわけではない。

むしろ無理をした分、必ずあとでしっぺ返しを食らう。

そうなるくらいならば潔くテントまで戻って、ナッシャの帰りを待とうと思ったのだ。

レオンがテントに戻ってすぐ、ナッシャは帰ってきた。

その手には大量の薪を抱えている。

「おお、さすがですね。レオン殿にはテント作りの才能がおありです」

戻ってくるなりナッシャはレオンの作ったテントを見て喜んだ。

テント作りの才能とはどういう意味なのか、レオンにはよくわからなかったが、それでも褒《ほ》められて悪い気はしなかった。

「ナッシャさん、その薪は一体どこから？」

レオンはナッシャの抱えた薪を指差して尋ねた。

てっきりこの辺りに森はないと思ったが、少し離れたところまで行けばあったのだろうか。

しかし、ナッシャはその考えを否定する。

「いいえ、この辺りには木は一本も生えておりません。シュトルム渓谷と同じく、地面が硬く栄養も乏しい。それに加えて一年中続く寒気が植物の生長を妨《さまた》げているのです」

それではナッシャは一体どこから薪を拾ってきたのか。

レオンが再び問うよりも先に、彼女はその答えを明かしてくれた。

「シュトルム渓谷にはウッドシーフと呼ばれる魔法生物がいるのです」

ウッドシーフはシュトルム渓谷に生息する魔法生物の中では珍しい、群れで生活するタイプの生き物である。

その皮膚《ひふ》は細い枝で覆《おお》われていて、彼らが通ったあとの道にはウッドシーフの枝が数本落ちる。

その枝は普通の木片とは違い、そのままでも松明《たいまつ》として使えるほど火のつきが良く長持ちするので、アルガンドでは重宝されている生物だった。

ナッシャは結界を張りに行く途中で、群れとはぐれ、渓谷から国境を越えて迷い込んだ数匹のウッドシーフと出会った。

「多くの魔法生物と同じように彼らは知性が高く、人語を理解します。私は彼らに帰り道を教える代わりに、枝を分けてもらったのです」

ナッシャはレオンの抱いた謎《なぞ》を解明すると、早速テントの入り口付近に薪を組み、火をつけた。

それから、テントに防火の魔法と熱を逃がさないようにするための結界を張る。

「これで今夜は大丈夫でしょう」

彼女の言う通り、火をつけてほどなくしてテントの中は暖気に包まれる。

テントの布は分厚い冬用のものではあったが、レオンたちが今いるイルガ国は一年中寒気が続くという厳しい土地。

その一年でも一番寒くなる冬にこの場所を訪れたのだ。

さらに、ナッシャが言うにはアルガンドはこのイルガよりも寒く、ここからシュトルム渓谷に入り、進めば進むほど環境は厳しくなるという。

レオン一人で魔法も使えずに旅を続けていたらその道中で必ず凍傷《とうしょう》を負い、旅を続けることはできなかっただろうなと、レオンは改めて思ったのだった。

魔法と町で購入した道具で寝る場所と暖気を確保した後、必要になるのは当然食事である。

十分な寝床があったとしても空腹では疲れは癒《い》えず、魔力だって回復しない。

ただ、食事に関しても二人の中で役割がほぼ決まっている。

ナッシャは何も言わずにテントの外に石を拾いに行き、レオンは荷物の中から鍋と保存食、それから町で買った調味料を取り出しておく。

そのうち石を取りに行ったナッシャが戻ってきて、焚《た》き火《び》の周りにその石を置く。

レオンは石の上に鍋を置き、雪と保存食を一緒に入れて煮込み始めた。

この旅では、こと料理においてはレオンが主導権を握っている。

その理由は単純で、ナッシャに料理の才能が全くないからである。

遡《さかのぼ》ることおよそ二ケ月前、つまりレオンが王国から逃亡し、ナッシャと旅を始めてすぐのことである。

その頃、二人はまだお互いのことをよく知らず、特にナッシャにはレオンに対して明確な警戒心があった。

王国の魔法騎士団長に頼まれ、恩を仇《あだ》で返すわけにはいかないと引き受けはしたが、相手のことをよく知らないため、警戒していたのだ。

それも相手は悪魔を自称する青年である。

警戒するなと言う方が無理がある。

王都を出てすぐということもあり、周辺の気候や地形についてはナッシャよりもまだレオンの方が詳しく、本格的に冬が始まる前で寒さもそこまで厳しくなかった。

加えてレオンの体調が万全だったため、悪魔の魂たちが体を乗っ取ろうと暴走することもなく比較的順調に旅は進んでいた。

問題が出てきたのは、ナッシャがミハイルから持たされたという携帯食料が尽きてからだった。

いかに王国の騎士団長とはいえ、レオンと関わりがあったこともあり、二人が数ヶ月生きるだけの食料を秘密裏に用意することは彼にもできなかった。

用意できたのはせいぜい一週間分程度。それがなくなればレオンたちが自分でどうにかしなければならない。

携帯食料がなくなった日の夜、ナッシャはオオツノシカの雌《めす》を魔法でしとめて持ってきた。

貴重な食料……解体して保存食にすれば、何日か分の蓄えになるだろう。

しかしナッシャには料理の心得はなかった。

オオツノシカを解体することもままならず、そのまま火魔法で炙《あぶ》ろうとしたのだ。

それを見かねたレオンが解体から調理までを担当するようになったのである。


「うん、今日も美味しいです。ライバクにこんな食べ方があったなんて」

レオンが煮炊きした料理を一口食べてナッシャは微笑む。

ライバクというのはナスラムやイルガ、それからシュトルム渓谷を越えてアルガンドでも主食として用いられる穀物のことである。

寒冷地でも強く逞《たくま》しく育つのが特徴なのだが、流通するそれらはあまり美味しいものとは言えない。

通常は収穫したライバクを粉にして練り、焼いてパンのようにするのだが、普通のパンよりも硬く味も薄い。

レオンはこのライバクのパンを、煮込んで味を整えたスープの中に入れたのだった。

スープを十分に吸ったライバクパンはほどよい弾力と、噛むたびに溢れ出るスープのおかげで美味なる食材に生まれ変わる。

体を温めるスープとお腹に溜まりやすく栄養のあるライバクパンを、ナッシャは美味しそうに完食するのだった。

「……こんなに美味しい食べ方があると故郷の妹に伝えたら、大喜びするでしょうね」

食事が終わると、空になった器を見つめてナッシャが寂しそうに呟いた。

イルガ国の国境付近。

あとはもうシュトルム渓谷を抜ければアルガンドである。

帰郷が現実的になったことで感傷的になっているのだった。

「ナッシャさん……」

寂しそうな顔にレオンが思わず声をかけると、ナッシャはハッとした顔をして、それから照れたように笑う。

「食事も終わりましたし、眠くなる前に例のものを終わらせてしまいましょう」

誤魔化すように言うと、早速準備に取りかかる。

この「例のもの」というのが、二人が危険を冒《おか》してまでイルガの国境付近に一晩野宿する理由であった。

ナッシャは焚き火の燃えたあとに出た炭と外で拾ってきた石、それから雪を溶かして掘り起こした硬い土をテントの中の一ヶ所に集める。

「この儀式《ぎしき》に必要なのは自然に関する三つのもの。それらが伝達手段となるのです」

そう言ってナッシャは自らの衣服の内側にくくりつけておいた小瓶《こびん》を取り出して、炭や石や土を集めたところにその小瓶の中身を振りかける。

「これは塩です。魔力を持つ者が肌身離さず三日三晩持ち続けた清められた塩です」

そう言った後、準備はできたと言わんばかりにその前に正座して両手を胸の前で組み、目を閉じる。

その一部始終を見ていたレオンもナッシャに倣《なら》い、同じようにして目を瞑る。

「シュトルムの守人《もりびと》よ、我らの祈りを聞きたまえ。過酷な大地を通過することを許し、我らが迷うことなく故郷の大地へ帰れるよう導きたもう」

ナッシャが唱える。

それは、アルガンド人に伝わるシュトルム渓谷の守《まも》り主《ぬし》たちに捧げる儀式の一つであった。

アルガンドでは国民がシュトルム渓谷に立ち入る際、その前夜にこの儀式を行うのが慣わしである。

「これで祈りは捧げました。明日からシュトルム渓谷に入れますね」

ナッシャは祈りの儀式を終えた後、用意したものを綺麗に片付けながら言った。

「何か特別なことが起こるわけではないのですね」

事前にナッシャからこの儀式のことを聞いていたレオンは、戸惑ったように尋ねる。

拍子抜けしたと言ってもいいだろう。

ナッシャは戸惑うレオンの表情を見てクスリと笑う。

「魔法ではありませんから。ただの儀式です。ただ、守人様に願いを届けることが大事なのです」

何はともあれ、これでシュトルム渓谷に入る準備は整った。

二人は片付けを終えた後、寝袋に包まり、早々に眠りにつくのだった。

シュトルムの守人編

Botsuraku shita kizokuke ni hirowareta node
ongaeshide hukkou sasemasu

レオンが目覚めた頃、焚き火の火は既に燻り始めていたがテントの中はまだ暖かかった。

ウッドシーフの枝が通常の薪よりも長持ちするというのは本当のようだ。

となりを見るとそこにもうナッシャの姿はなく、寝袋も綺麗に片付けられていた。

テントから這《は》うように出て朝日を浴びながら一つ伸びをする。

「うわぁ……すごい」

太陽の眩《まぶ》しさに慣れてきた頃、レオンの目に飛び込んできたのは白銀の世界だった。

一面雪で真っ白になり、そこに太陽の光が反射している。

今までもそういった景色を見なかったわけではないが、他と違うのは周囲に木々がなく、辺り一面が真っ白な雪原になっていることだった。

吐く息は白く、寒さは刺《さ》さるようだったがその景色を前に感情が昂《たかぶ》る。

「お目覚めですか、レオン殿」

声をかけられ視線を移すと、ナッシャがいた。

手には手袋型の杖を嵌《は》めている。

ナッシャの歩いてきたところだけが魔法で雪が溶かされて、道になっていた。

「結界を解除してきました。もういつでも出られますよ」

そう言われて思い出したようにレオンは振り向いた。

レオンの背後にはこれから向かうシュトルム渓谷がある。

極寒な上に獰猛な魔法生物までいるらしく、厳しい環境だという話だが、昨晩この場所に着いた時にはもう辺りは暗くなっていて、シュトルム渓谷を見ることはできなかった。

振り向いたレオンの目に映ったのは、先程見た白い平原とはまた違う絶景であった。

対岸に高くそびえる岩山とその手前には深い亀裂《きれつ》。

思わず走って崖の縁まで近づいてみる。

「気をつけてくださいね、雪で境目がわからなくなっていますから」

ナッシャにそう注意され、レオンは慎重に崖下を覗き込んだ。

底は見えない。

朝になり周囲は十分に明るい。それなのに崖の底には太陽の光が届かないようだ。

「これがシュトルム渓谷……」

レオンは生まれて初めて自然に圧倒されたのだった。

「さぁ、準備をしましょう」

ナッシャに促されテントに戻る。

それから昨日の夕食の残りで朝食を済ませてから荷物を詰め込み、二人はシュトルム渓谷に出発した。

「でもどうやってあの谷を越えるの？」

目の前に広がるシュトルム渓谷、対岸の岩の壁はもはや山である。

ただ、それ以上に厄介《やっかい》そうなのがその前に広がる深い谷であった。

レオンが圧倒されるのも無理はない。

光が届かず底が見えないほどの深さも驚きだが、対岸が随分と遠いのだから。

「もしかしてと思ったのですが、やはりこちら側も同じだったようですね」

ナッシャが言うにはアルガンド側にも岩の壁の手前に同じような深い谷があり、底が見えないのも対岸が遠いのもまるで同じなのだという。

つまり、レオンたちがシュトルム渓谷を越えるにはほとんど同じ幅の谷を二つ渡らなければならない。

当然橋などはかかっておらず、考えられる方法は「飛行」魔法だけだった。

「ただ、あの岩山の上には空を飛ぶ肉食の魔法生物が多数生息しているのです。あまり高度を上げると彼らに見つかる恐れがあります」

ナッシャが続ける。

「ひとまず、レオン殿を抱えて私がこの崖の下までおりましょう。アルガンド側にあるのと同じ作りならば無理にここを渡る必要はないかもしれません」

レオンの魔力をできるだけ温存するために、ナッシャは彼の両脇に腕を通して抱える。

そして「飛行」魔法でふわりと浮き上がると崖を下り始めた。

空を飛ぶというよりも、ゆっくり落下している状態である。

彼女は下りていく最中に首を左右に巡らし、何かを探している様子だ。

そして、目当てのものを見つけたようでニヤリと笑った。

「少し移動しますよ、レオン殿。落ちないように掴まっていてください」

ナッシャはそう言うと少し速度を上げる。

その場所が近づくにつれて、レオンは彼女が何を目指しているのかに気づいた。

崖の岩肌に一ヶ所、穴が空いているのだ。

いや、一ヶ所だけではなかった。

暗さに目が慣れるにつれ、よく目を凝らすと所々に穴が空いているのが見える。

ナッシャはそのうちの一つ、比較的大きい穴の中に入るとそこでレオンを下ろした。

「ここは？」

レオンの問いにナッシャは松明を用意しながら答える。

「思った通り、こちら側にも横穴があって助かりました。ここは、我々が『守人の抜け道』と呼ぶ洞窟《どうくつ》です。シュトルム渓谷の外側から内部、つまり岩山の下の方へ向けてアリの巣のように広がっているんですすよ」

そう言ってナッシャは松明の灯りで洞窟の先を照らした。

抜け道という言葉の通り、確かに人が通れる広さのまま奥へと続いている。

「この穴はアルガンドの方にも繋がっているのですか？」

レオンが問いかけるとナッシャは頷いた。

シュトルム渓谷の地下にはこういった横穴がいくつもあるのだという。

それは数千年も前から存在し続けており、自然に発生したものではなく、明らかに意図を持って作られた人工的な道であった。

「昨日から気になっていたのですが、守人というのは……」

昨晩、シュトルム渓谷に入る前の儀式の時にもナッシャは守人という言葉を口にした。

レオンはその時、守人というのは何か超自然的な存在で、アルガンド人にとっての崇拝《すうはい》の対象なのだろうと思った。

しかし、実際に渓谷に足を踏み入れると人工的な横穴が存在していて、さらにそれを作ったのは守人だという。

どうやら守人は超自然的な何かではなく、確かに実在する、あるいは実在していた何者からしいと考えを改めた。

「……そうですね。掟《おきて》により外部の人間にその正体を明かしてはならないとされているので、詳しいことは言えません。ただ、向こうがレオン殿に興味を持てば話は別です。守人様の方から近づいてくると思いますよ。それも近いうちに」

ナッシャは含みのある言い方でそれだけ言うと、あとは深く語らなかった。

松明を持って洞窟を奥へと進んでいく。

レオンは彼女のあとを追った。


アリの巣のように張り巡らされているというだけあって、洞窟は様々な道に枝分かれしている。

道が分かれる度にナッシャは足を止め、分かれた道のそれぞれで何かを確認した後、進む方向を決めていた。

決して闇雲に選択しているわけではなく、進むべき道を選んでいるナッシャの様子が気になり、レオンも分かれ道に着く度に道を調べてみた。

すると、どうやら分かれ道には魔力の残滓《ざんし》があるものとそうではないものがあるようで、ナッシャが選んでいるのは魔力の残滓がある道だった。

分かれ道のどちらにも魔力の形跡が残っている時は、魔力がより濃い方を選んでいるらしい。

これはつまり、この抜け道を魔力を持つ何者か、あるいは何かが通ったことを意味する。

ナッシャの態度から魔力を持つ何かが危険なものではないことを察したレオンは、それが守人なのではないかと考えた。

守人についてますます興味が出てきたレオンだったが、考えれば考えるほどその正体はわからなくなる。

しかし、ナッシャが言ったように、守人の方からレオンに近づいてくる機会はすぐに訪れるのだった。

「なんだか、さっきよりも暖かくなってきた気がしますね」

考え事をしているうちにかなり奥まで進んでいた。

この洞窟に入ってすぐに冷たい風は吹かなくなり、雪もなくなったためにだいぶ暖かくなったのだが、今はそれよりもさらに気温が上がっていることにレオンは気づいた。

むしろ少し暑いくらいである。

「どうやら、おいでになったようですね」

ナッシャが意味ありげに呟き、それから数歩下がる。

すると、まるでタイミングを見計らったように、洞窟内がうめき声のようなものに包まれた。

「……これは？」

戸惑うレオン。そして、目を疑うようなことが起きた。

洞窟の奥から炎が迫ってきたのだ。

激しい音を轟《とどろ》かせながら、まるで生き物のように這う炎。

逃げ道はなく、避けることもできない。

レオンは咄嗟《とっさ》に防御魔法を使おうとした。

だが、魔法は発動しない。

そして言いようのない胸の痛みが襲ってくる。

「つぐ……」

その胸の痛みは、レオンの体の中の悪魔たちが体を乗っ取ろうとしたことで生じる痛みだった。

悪魔たちの暴走を抑えようと、体力や魔力の消費を極力抑えたことは決して間違ってはいなかった。

レオンの魔力が万全であれば、悪魔たちはレオンの体を乗っ取ることはできずに、手をこまねいているしかない。

しかし、何事にも慣れというものは存在する。

魂のまま囚われたことがない悪魔たちは最初は勝手がわからず、ただ闇雲にもがくことしかできなかった。

だが、時間が経つにつれて、レオンとエレノアの魂の繋がりを感じ取ることができるようになった。

夢を通してレオンを精神世界に連れ込み、意思の疎通ができるようになった。

魂だけの存在となった悪魔たちはそうやって、レオンの体の中で力を蓄え、機会を窺っていたのである。

そのせいでたったの一度、それも魔力の消費が決して多いとは言えない防御魔法を使おうとしただけで、悪魔たちの暴走を許してしまった。

胸の痛みに襲われたレオンはその場にうずくまる。

それでも容赦《ようしゃ》なく炎は眼前に迫ってきた。

炎がレオンを包み込む。燃える体。

苦しみがレオンを襲う。

しかし、熱くはなかった。

苦しいのは悪魔たちが暴れている体内だけ。

レオンを包み込んだ炎は彼を傷つけるどころか、どこか安らぎを感じる温かさまであった。

「おやおや？　やっぱり変だ。この人の子、人の身でありながら魔の雰囲気を持ってるよ」

声がした。苦しみの中でレオンはその声を確かに聞いた。

「ははーん、体の中に魂を入れてるんだね。面白いことをする。方向の違う複数の魂が体を蝕《むしば》んでるじゃないか。どれ、楽にしてあげようか」

喋《しゃべ》っているのは炎そのものだった。

その炎がレオンの体の中に入ってくる。

それだけでレオンには、炎が何をしようとしているのかわかった。

炎は悪魔たちの魂をレオンの体から引きずり出そうとしているのだ。

悪意から来る行動ではなく、レオンを救ってやろうという思いから来るものであることもわかった。

しかし、それはレオンの求める解決策ではない。

「やめて……ください」

「え？」

苦しみに耐えながら絞《しぼ》り出したレオンの言葉に、炎はきょとんとした声を出した。

「魂を……外に出したら、悪魔たちは……死んでしまう」

悪魔たちはそのままの姿では人間界に存在できない。

だから人の体を乗っ取るという方法を選んだのだ。

それは魂であっても同じこと。レオンの体から出れば、一瞬にして消えてしまうだろう。

「でもいいのかい？　君の体は悪魔たちの魂にやられてもうボロボロ。このまま放っておけば、いずれ君は自我を失い、悪魔になってしまうんだよ？」

戸惑ったような声から、炎がレオンの反応を予想していなかったのは明らかだった。

炎は、悪魔に蝕まれた青年を苦しみから救ってやろうとしているのだ。

まさか、断られるとは思わなかったのだろう。

「守人様、どうかお話を聞いていただきたく」

それまで黙って様子を窺っていたナッシャが炎の前に跪《ひざまず》き、頭を垂れる。

「君は……確かアルガンドの子か。なんでここに……いや、それよりも君、宿していないのか？」

炎の興味がレオンからナッシャへと移った。その言葉には微《かす》かに怒気が含まれていた。

「敵意はありません。この身に起こったことの全て、そしてその青年のしたこと、志《こころざ》すこと全て、どうか聞いていただきたいのです」

ナッシャは伏して頼む。

しばしの沈黙の後、炎は怒りの気持ちを抑え込んだ。

「……はぁ、わかったよ。ただ少し待ってね。この子の中の魂を一時的に抑えないといけないからね」

レオンを包み込む炎が火力を増した。

それでもやはり熱くはなく、反対に魔力が溢れてくるような感覚があった。

レオンの中で暴れていた魂たちが抑えつけられるように静まっていく。

胸の痛みも消えていった。

「これでいいだろう。少なくともまた魔法を使わない限り、暴れ出すことはないと思う」

炎はそう言うと、レオンの体から離れた。

そして、人型に変化する。

ようやく冷静に周囲を見られるようになって、レオンはその人型の炎の正体に見当をつけることができた。

「あなたは、精霊《せいれい》……ですか？」

炎そのものに魂が宿ったようなその形、その姿はまさに精霊の特徴である。

しかし、それはあくまでお伽話《とぎばなし》のようなもの。

レオンが魔法学院で習った精霊というのは「決して人前には出ず、召喚魔法においてのみその力を貸してくれる存在」である。

その正体は確かに火や水や土や風といった自然現象を模しているとされているが、その姿を実際に見た者はいないと王国では学んだ。

「いかにも、僕は火の精霊イグニス。もっともここでは守人と呼ばれているけどね」

火の精霊イグニスはすんなりと自分の正体を明かした。

精霊の姿を見ることはできないというのは、王国を含む他の多くの国々の中では常識だが、ここアルガンドでは違うらしい。

存在を秘匿《ひとく》しているわけではなく、人前に出るのを避けているわけでもない。

アルガンドとシュトルム渓谷という特異な場所においてのみ、精霊は人間と共存して生きているのである。

それは決してイグニスだけではなく、他にも無数の精霊たちが守人として、その名前の通りにこの地を守ってきた。

アルガンドが鎖国国家で秘密主義であるために、その情報はこれまで他国の者に知られることはなかった。

「さて、さっそくだがアルガンドの子よ。話を聞こうか。なに、硬くならなくていい。僕はシルフィーネやウンディーヌとは違って話のわかる精霊だからね」

イグニスはそう言って笑った。いや、人型とはいえ炎であるイグニスに顔はない。正確にはレオンには笑ったように感じられたのだ。

ナッシャはここまでの経緯を全てイグニスに話した。

自分が悪魔に誘拐されたこと。誘拐された先でレオンに救われたこと。レオンが国王からあらぬ罪を被せられ逃亡するしかなかったこと。そして、ここまで旅をしてきたこと。

その話の中でナッシャは悪魔たちのことと、レオンは倒した悪魔たちを殺したくないと思い、自らその魂を取り込んだことを伝えた。

「なるほどね、体の中の魂が不自然に多すぎると思ったけど、まさか自分から取り込んでたとはね。僕はてっきり、悪魔召喚の儀式でもやって、その身に宿してしまったのだとばっかり」

イグニスはそう言って、右手をレオンの胸にくっつけた。

先程と同じで、炎であるはずなのに熱さは感じない。

じんわりと温かくなる程度だ。

「うん、確かに彼の中に悪魔の魂とは別に彼自身の魂を感じるね。それも悪魔と人間、どちらの要素もあわせ持った不思議なやつを」

精霊であるイグニスには触れた相手の魂を感じ取る力があった。

レオンの魂はエレノアと融合《ゆうごう》したことで、悪魔としての特徴と人間としての特徴の両方が備わっている。

イグニスがわざわざレオンの魂を調べ直したのは、レオンの真意を読み解くためだった。

その体に悪魔の魂を複数取り込んだ特異な存在。

悪魔の力は強大で、仮に支配できればどんな悪事でも遂行《すいこう》できる。

もしレオンの魂から悪意を感じたら、イグニスはレオンを許さなかっただろう。

しかし、ナッシャが話した通り、そしてイグニスがレオンに抱いた第一印象の通り、その魂は清《せい》廉潔白《れんけっぱく》だった。

人間からすれば悪魔は畏怖《いふ》の対象であるはずなのに、目の前の青年はその悪魔を心から救いたいと思っている。

それはイグニスにとって不思議なことであり、同時に嬉しいことでもあった。

「えー、レオン。君の考えはよくわかった。いきなりその体から悪魔たちを引っ張り出そうとしたことは謝ろう。ただ、先程言ったことも事実だ。君の体はもうぼろぼろで、次に魔法を使ったらどうなるかわからない。悪魔に体を乗っ取られるかもしれないし、そうならなくても君の体が耐えきれずに崩壊《ほうかい》するかもしれない」

イグニスのこの言葉に、レオンはごくりと唾《つば》を呑《の》んだ。

声色からそれが冗談でないことがわかる。

もちろんレオンも覚悟をしていたつもりだ。

悪魔の魂を自らの体に取り込むと決めたあの時から、どんなことになろうとも悪魔たちを救う手立てを考えようと決めている。

それでもこうして直接伝えられると、やはり緊張した。

「そこでだ、君に残された道は二つ。悪魔たちの魂を体から取り出し、なかったことにするのか。それとも今のまま抱え込み、魔法を使わずにいつ体を乗っ取られるか怯《おび》えながら暮らすのか。どっちがいい？」

イグニスはあえて、悪魔たちとわかり合い共存するという第三の道を示さなかった。

それはその道がいかに困難で、実現性の低い未来かというのをレオンに伝えるためだ。

この問いでレオンがどう選択するのか、イグニスは試すつもりだった。

悪魔たちの魂を体から取り出すと答えれば、それは人として良い行いだ。自分の命という最も大切なものを救う行為なのだから。

悪魔たちの魂を宿したまま暮らし続けるというのなら、それは愚《おろ》かな行いだ。

その先の未来には、誰も幸せにならない結末が待っている。

「一つ聞きたいのですが、彼らの魂を僕の体から取り出したら彼らはどうなりますか」

レオンは問う。その表情は答えを既に知っている者のそれだった。

「魔界に送り返すさ。滅《ほろ》びゆく場所とはいえ、彼らの故郷だ。文句は言わせない」

イグニスの答えを聞いて、レオンは目をカッと見開いた。

精霊は、イグニスは魔界が滅びゆくことを知っているのだと知った。

「それじゃあ、ダメなんです」

震《ふる》える唇《くちびる》で、空気を押し出すようにレオンは言った。

「それじゃあ、結局繰り返しでしかない。魔界に戻った悪魔たちはまた滅んでいく世界に怯えながら生きなきゃいけない。人間界を乗っ取ろうと画策するしかない。そしてまた人と悪魔たちの間で争いが起こる。今度は僕の国だけじゃない、他の国も巻き込むかもしれない。それじゃあ、何も解決しません」

絞り出すような小さな声で、レオンは本心を告げた。イグニスはそこに譲ることのできない明確な意思を感じ取った。

「ならどうするのさ。その体に悪魔たちを宿したまま、君は魔法も使えずに死ぬのかい？　それが一体何の解決になるって言うんだい。魔界にはまだ、滅びゆく故郷に怯えながら暮らす悪魔たちが数千、いや数万といるんだ。君はその全ての魂を自らの体に取り込むつもりかい？」

イグニスの問いは的《まと》を射《い》ていた。体の中に悪魔たちを宿すにはやはり限界がある。

魔界で暮らす大勢の悪魔たちを全て救うことはできない。

そればかりか、自分自身の体を危険に晒している今の状態では、とてもそれが解決策だとは言えない。

それでもレオンは折れなかった。

「見つけてみせます。悪魔も、人間も誰も争わないで済む方法を。もう誰も、命を犠牲にする必要がない方法を僕が見つけます」

真摯《しんし》な目だった。残酷に現実を見るわけでもなく、夢物語を信じている目でもない。

ただ真摯に、自分の言ったことを実現してみせると決意した目であった。

沈黙が流れる。

イグニスの反応を待つレオンの額に一筋の汗が流れる。

やがて、「クク……クク」と空気を漏らすようにイグニスは笑い出した。

その笑い声は次第に大きくなり、洞窟内にこだまする。

「ククク、アハ！　ハーッハッハ！　面白い、面白いよ、レオン！　そんなことを言う人間は初めてだ」

イグニスはそう言って喜んだ。それまでの緊張感はもうない。

彼がレオンを認めたということである。

もともと、イグニスはレオンがどのような道を選ぼうとも、それなりの手助けをするつもりでいた。

精霊はそういう存在として、この地を精霊王から任されているからだ。

しかし、レオンの純粋な決意はイグニスの興味を激しく引いた。

「こんな人間がいるのか、自分のことだけでなく、悪魔のことまで考えているこんな人間が。面白い、この青年がどこまでやり遂げられるのか、それを見届けるのもまた、僕たちの仕事じゃないか」

イグニスのテンションは数千年ぶりに大きく上昇していた。

「君たちはアルガンドへ行くんだったね。そうと決まればすぐに行こう。ここで手をこまねいている時間が惜しい」

イグニスはそう言うと炎の右腕でレオンの体をくるりと掴み、それから左腕でナッシャの体を掴んだ。

「え、うわ……ちょっと」

突然のことでナッシャとレオンが背負っていた荷物が地面に落ちる。

肩紐《かたひも》の部分が焼けて、切れてしまったのだ。

重くてかさばるものは不要だとイグニスが切って落としたのだった。

「あの、守人様！　荷物が……」

「すぐにアルガンドに着くのだから、もう必要ないだろう。どうしても必要なものがあればあとで取りにきてやる」

そう言うとイグニスは首を持ち上げて、洞窟の天井を見た。

そして、口に魔力を集中させたかと思うと、

「カアーッ！」

と吐き出す。

炎の塊が一直線に天井へ放たれ、突き破る。

瞬く間に洞窟の天井には人が通れる大きさの穴が空いた。

その穴の向こうには青い空が広がっている。

「さあ、行くぞ。僕が落とすことはないと思うけど、まぁ、しっかり掴まっておくことだ」

イグニスは地面を蹴った。

ふわりと体が浮き上がる。

そしてそのまま天に空いた穴を通って外へと飛び出した。

ものすごい速さであった。

人が使う「飛行」魔法とは明らかに別物で、レオンは一瞬、自分がどうして空にいるのかわからなかったほどだ。

「さてさて、アルガンドは……あっちか」

人を二人抱えているというのに、イグニスはそんな素振《そぶ》りは見せず、意気揚々と進む方向を見すえている。

「あの、精霊……様。空には肉食の魔法生物がいると聞いたのですが」

ようやく状況を理解したレオンはイグニスにそう問いかける。

自分たちが「飛行」魔法で岩山の上を行く道を選ばなかったのは、その魔法生物が理由だったはずだ。

イグニスの姿はどうしたって目立つ。

さらには、飛ぶ時にボッボッボッと爆《は》ぜる炎の音がする。

「レオン、そんなことは気にするな。君が気にしないといけないのは、僕から振り落とされないようにすることだけさ」

イグニスは再び加速し始める。アルガンドへ向けて。

ものすごい速さだったが、レオンは何とか目を開けて周りの様子を見ていた。

ナッシャの言っていた魔法生物はすぐにわかった。

大きな牙《きば》と、見事な体躯《たいく》を支える美しい翼《つばさ》。トカゲのようにも見えるその生物は明らかに強そうだ。そして、それは一匹だけではなかった。

空を埋《う》め尽くすように無数の魔法生物が飛んでいたのだ。

それらを優雅《ゆうが》にかわしながらイグニスは進んでいく。

不思議なことに、その魔法生物がレオンたちを襲うことはなかった。

それればかりか、

「はいはい、どいてどいてー。邪魔だよー、燃えちゃうよー」

とイグニスが促すと、その言葉の意味を理解して素直に従うかのように道を開けてくれるのだ。

はじめ、レオンはこの獰猛そうな魔法生物は見かけよりも優しいのかと思った。

しかし、そうであればナッシャが岩山の上を行くのを諦《あきら》めるはずはない。

ほどなくしてこの魔法生物を取りまとめているのがイグニスであることに、レオンは気づいた。


「さーてと、あっという間にアルガンドだ」

イグニスは急停止した。

いつの間にか空を飛ぶトカゲのような魔法生物の姿はなく、岩山も通り越していた。

そして、レオンの眼前にはアルガンドが広がっていたのである。

「これが、アルガンド……」

アルガンドは岩山だった。

飛び越えた岩山とは別の、それと同じくらい大きな岩山。

周囲は棘《とげ》のように尖《とが》った岩で囲まれている。天然の要塞《ようさい》のような場所である。

岩をくり抜かれて造られた居住地。一際大きな岩山は、城のようになっているという。

「さて、向かうべきはまずあそこだ。女王のところ」

イグニスはその高くなっている岩山を指差して、さらに飛ぼうとする。

止めたのはナッシャだった。

「いけません、守人様。私はともかく、レオン殿はアルガンドの結界を通り抜けられません。正面から許可を得て入らねば、焼け焦《こ》げてしまいます」

ナッシャの言葉を聞いて、イグニスは見るからに焦り出した。

どうやら、完全に失念していたようである。

「わ、わかってるよ。アルガンドの子よ。僕は君が気づくか試しただけさ。さ、早速正面から行こうじゃないか」

取り繕うようにそう言うと、イグニスはアルガンドの正面、岩山の麓《ふもと》へと降り立った。

そこは棘の岩に囲まれておらず、大きな鉄の門がある。

その鉄門の前には槍を持った屈強《くっきょう》な男が二人、門番として立っていた。

彼らはイグニスの姿を目にすると、急いで駆け寄ってくる。

「も、守人様。一体どうして……」

「何か災いが起こったのでしょうか……」

アルガンドの人たちは精霊の存在を確かに認識しているし、共存してきた歴史がある。しかし、それは決して身近な存在というわけではなく、精霊が自ら国を訪れることは稀《まれ》であった。

それこそ、国に何か災いが起ころうとしている時などに現れて、助言をしてくれる存在なのである。

「やあやあ、アルガンドの子らよ。心配することはない。僕はただ、迷い子を連れてきただけだからね」

イグニスはそう言って、抱えていたレオンとナッシャを下ろす。

門番の二人はレオンよりもまずナッシャの方に目を向けた。

「あなたは……ソダニア様？　ソダニア様ではありませんか？」

門番の一人がそう言うと、ナッシャはその場に跪き、それから右手を自らの胸に当てる。

「ナッシャ・ソダニア、敵に敗れ攫《さら》われた身でありながら生き延び、再びこの地に舞い戻りました。どうか、女王陛下に御目通りを願いたく……」

その言葉に門番たちは顔を見合わせる。

ナッシャはある日急に国からいなくなり、行方不明となっていたのだ。

敵に襲われたのか、それとも自らの意思で出ていったのかもわかっていなかった。

そのナッシャが戻ってきて、驚かずにはいられなかったのだ。

しかし、それよりもまず門番たちには彼女に伝えねばならないことがあった。

門番の一人がナッシャに近づき、耳打ちする。

すると、ナッシャは目を見開き、明らかに動揺した。

「お祖父様が……そんな……」

そう呟き、取り乱しそうになったが、何とか堪《こら》えてレオンを見つめた。

それから門番たちに向き直り、

「このお方は私の命を救い、ここまで共に旅をしてきた方です。見ての通り、守人様の信頼も得ており、国に害をなす者ではありません。どうか丁重に接していただきたい」

それから再びレオンを見て、

「レオン殿、申し訳ありません。あなたを女王陛下のもとへご案内するつもりでしたが、事情が変わりました。代わりにこの門番の者たちに砦《とりで》まで案内させますので、どうかそちらでしばしお待ちいただけないでしょうか」

と言った。

急に話が進み、レオンには何が何やらわからなかったが、ナッシャの様子からただ事ではないことはわかった。

ナッシャは門番たちに自分のことを紹介してくれ、アルガンド人が崇《あが》める守人であるイグニスもいる。

きっと悪いようにはならないだろうと思い了承した。

ナッシャはレオンに頭を下げる。

「では、また後ほど」

そう言葉を残して門を通り抜け、駆けていく。

残されたレオンとイグニス、それに門番の二人の間には気まずい空気が流れていたが、やがて門番の一人が、

「砦までご案内します」

と言って、レオンに結界を通り抜ける魔法をかけ、案内してくれたのだった。


案内された砦の内部は、岩の中だというのが信じられないほど快適なところだった。

砦、というのはレオンがイグニスに抱えられて上空から見た高い岩山のことを指し、その頂上にこの国の女王が住んでいるのだという。

岩山をくり抜いて造ったというだけあって壁や天井、床の全てが岩でできている。

しかし決して寒くはなく、部屋に備えつけられた暖炉《だんろ》に火を入れれば熱は逃げずに残り続け、温

かい空気が部屋の中に満ちている。

レオンは今この部屋に一人で残されている。

案内をした門番は砦の者にことのあらましを伝えると、そそくさと帰ってしまったし、ここまで一緒に来たイグニスも部屋に入るなり、

「僕は少し様子を見てくるよ。君は今のところ余所者《よそもの》という扱いだろうから、勝手にウロウロしないこと」

と言い残して出ていってしまった。

一人残されたレオンは、使用人が持ってきてくれた温かいお茶を飲みながら待っているしかなかった。

お茶を飲む前、レオンは少なからず不安に駆られた。

まさか毒なんて入ってないだろうが、アルガンドは閉鎖的で、レオンにとっては全くの未知の国である。

知っている情報といえば以前王国の学院で、歴史学の教授であるマーシャ・デンバースから聞いた「アルガンドには悪魔を崇拝する文化があるらしい」という不確かな情報のみ。

マーシャは一度訪れて調べると良いと言っていたが、まさかこんなに早くその機会が来るとは思っていなかった。

ナッシャとイグニスの様子を見るに、アルガンドが悪魔を崇拝しているという情報は疑わしい。

ナッシャが精霊であるイグニスに抱いていたのは明らかに敬意だったたし、門番の二人を見てもアルガンドで精霊が特別な存在として扱われているのも間違いない。

今の今までナッシャから悪魔に関する話を聞いたことはなかったたし、この国の人間が悪魔を祀《まつ》っているというのは間違いかもしれない。

レオンはそんなことを考えながらしばらく待っていたものの、部屋には誰も来なかった。

ただ、時折扉の前をドタドタと走る音が聞こえ、窓の外からも何やら騒がしい声がしていた。

やることがなさすぎてその声に耳を傾けてみたところ、どうやら国の重要人物の一人が亡くなったらしく、アルガンドでは今その葬儀《そうぎ》やその他諸々のために慌ただしくなっているようだ。

「来るタイミングが悪かったみたいだ」

独り言を呟いて、お茶を一口飲んだところで部屋の扉がノックされた。

「はい」

返事をしても扉が開く気配はない。

それでも再び扉がノックされるので、レオンは不思議に思いながらもカップを置いて扉の前まで行く。

ようやく誰か来てくれたか、と思いながら扉を開けたが、そこには誰もいなかった。

「あの、下です、下。ここです！」

否、確かに一人いた。

身長がレオンの腰ほどまでしかない少女が一人。

お茶のおかわりを持ってきたらしく、手にはポットとカップを載せたお盆《ぼん》を持っている。

「あ、ああ。ありがとう。どうぞ入って」

レオンが入室を促すと、少女はペコリと頭を下げてそれからトテトテと歩き出す。

歩くたびにお盆がゆらゆらと揺れるため、レオンは彼女がお茶をこぼしてしまうのではないかと不安になったが、少女はどうにかテーブルまでたどり着くと、たどたどしい手つきでお茶を注いだ。

二人分である。

「えっと……あの？」

てっきりおかわりを注いだら帰るものだとばかり思っていたレオンは、少女が二人分のお茶を用意したことに戸惑う。

少女は無事にお茶を淹《い》れられたことにホッとしたのか、「ふぅ」と息を吐きながら額に浮かんだ汗を袖口《そでぐち》で拭《ぬぐ》うと、くるりとレオンに向き直り、もう一度頭を下げた。

「ナシェン・ソダニアと申します。あなたに救っていただいたナッシャ・ソダニアの妹です。この度は姉の命を救っていただいて、どうもありがとうございました」

レオンはまだ幼く見えるナシェンがそのように礼儀正しく挨拶したことにまず驚き、それから彼女の顔を見て、確かにナッシャとよく似ていると納得した。

「本当ならば姉があなた様を女王陛下のもとまでご案内するはずなのですが、諸事情によりそれが叶いませんので、私が代わりにご案内させていただきます」

ナシェンはそう言うと、椅子に座るようにレオンを促す。

どうやら今すぐに案内できるわけではなく、まだしばらく待たなければならないらしい。

レオンは椅子に座り、お茶を飲みながら彼女の話を聞いた。

ナシェンの話ではレオンが窓の外から聞こえる声を頼りに予想した話と違《たが》わず、この国のとある魔法使いが亡くなってしまったため、その葬儀の準備で国は慌ただしくなっているのだという。

その亡くなってしまった魔法使いというのがナシェンの祖父、つまりナッシャの祖父でもあり、この国を守る偉大な十二人の賢者の一人なのだそうだ。

その葬儀を執《と》り行う日になって、行方不明だった孫娘が姿を現したことで国中が驚きに包まれたらしい。

レオンはやはりタイミングが悪かったかと思った。

もう少し早くアルガンドに到着していれば、ナッシャは祖父の死に目にも会えただろう。

イグニスとの出会いによりシュトルム渓谷を一気に抜けることができたとはいえ、それまでの道中で時間を使ってしまったのはレオンのせいだ。

少し、悔いが残る結果になってしまった。

二人でお茶を飲んでいると、鐘《かね》の音が聞こえた。

国中に響くような大きな音で、それでいてうるさくなく、何とも綺麗な音だった。

その音が一回、少し間を空けてもう一回鳴ると、ナシェンはカップをテーブルの上に置いて、

「準備ができたようです。行きましょう」

と言った。

どうやらその鐘の音は何かを伝える合図だったらしい。

レオンとナシェンの二人は部屋を出て、廊下を進み、階段を上る。

少し広い廊下に出て、そこからまた細い廊下に入って抜けて、と複雑な道を進んでいく。

ナシェンがいなければレオンは迷子になっていただろう。

そしてようやくたどり着いたのは、大きな窓のような穴がいくつも連なっている、岩の部屋だった。

ナシェンに促されて穴の外に目をやると、そこから見えたのは大きな広間とそこに集まった多くの人々。

それから砦の上階にある突き出した岩と、そこに立つ女性。頭には王冠のようなものを載せて

いる。

隣にはナッシャがおり、二人の間には木で作られた棺《ひつぎ》があった。

その棺の中にいるのがナッシャやナシェンの祖父であることは、容易に想像できる。

「アルガンドでは葬儀の時にああいった木の棺を用意します。恐らく、レオン様の故郷とは違う風習かと思いますが、どうか見守ってください」

レオンの横で祈るようにしていたナシェンがぽつりと呟いた。

やがて、葬儀は粛々《しゅくしゅく》と始まる。

「皆、よく集まってくれた。ランシャバドも喜ぶであろう」

女王がそう言い、広場に集まった国民たちは祈るように目を瞑る。

手袋の形をした杖を身につけた魔法使いが砦の岩の窓から姿を現す。

現れたのは全部で十一人の魔法使い。

ナシェンの言っていた賢者たちである。

足りない一人はナッシャが担うらしい。

彼らの杖に魔力が込められて、煌々《こうこう》と燃える。

女王は棺に手をかざすと、それを魔法で浮かべた。

「ランシャバド、極寒の空に眠れ。同胞たちと共にあらんことを」

女王がそう言うと、賢者たちは一斉に棺に向けて魔法を放った。

炎の魔法である。

十二の炎が空中の棺を覆い、焼き尽くす。

その火力では全てが灰になるまでそう時間はかからなかった。

王国の常識では乱暴にも見えるこの葬儀。しかし、レオンはそうは思わなかった。

棺を見送った女王の目にも、魔法を放った魔法使いたちの目にも、それを見届けた国民たちの目にも、確かに悲しみがあったからだ。

ナシェンの言った通り、これがこの国の死者の送り出し方で、そこには死者を慈《いつく》しむ思いがある。

それならばレオンがとやかく言う必要などない。

ナッシャやナシェンにはなおさら何も言えなかった。

特にナッシャは、その目に涙を浮かべていたのだから。


「先程は祖父の葬儀に参加していただき、ありがとうございました」

葬儀が終わった後、女王との謁見《えっけん》の前にナッシャに会うと、彼女はレオンにそう言った。

その目には泣き腫《は》らしたであろう痕《あと》が見て取れたが、彼女は気丈《きじょう》に振る舞った。

それからナッシャは謁見の間の扉を開ける。

扉が開くとそこには、女王と十一人の賢者、それからイグニスの姿があった。

謁見の間はレオンが想像していたものとは違った。

中には円卓《えんたく》が置いてあり、一番奥に女王が座り、その横にイグニスが立っている。

席は全部で十三。女王以外の席には、賢者が一人ひとり座っていた。

唯一の空席は先程葬儀が行われたナッシャの祖父のものだろう。

「よくおいでくださった。レオン・ハートフィリア殿」

まず、女王がそう言った。

他の賢者たちは女王の話を遮るつもりはないようで、静観する姿勢を崩さない。

「ひとまず女王として礼を言っておくべきだな。次代の十二の賢者の一人を救ってくれたのだから」

女王はナッシャをチラリと見た。

どうやらナッシャは亡くなった祖父の跡を継ぐ予定だったらしい。

つまり、レオンはこの国の十二人の賢者のうちの一人を救ったことになるのだが、今はそれは大きな問題ではなかった。

「さて、これが普段ならばそなたに褒美《ほうび》を与えればそれで済む話なのだが、今回は随分と込み入った話のようだ」

女王はため息を隠さずに言った。

まるで「厄介なことになりやがった」と言いたげである。

ここまでの経緯はイグニスから聞いているようだった。

女王――シェード・アルガルムは若くしてアルガンドの王となった。

その才覚は本物で、国民からも愛される良き王である。

そんな彼女にとってもこの地を守る守人、つまり精霊は神聖な存在で、その意向を無視することはなかなかできない。

そして、その神聖な精霊であるイグニスが彼女にこう伝えたのだ。

「レオンをどうかこの国に置いてあげてほしい」

鎖国国家であるアルガンドにとっては異例のことだった。

何しろ、国ができて数千年。その歴史の中で余所者がこの地を踏んだことすら、数えるほどしかないのだ。

ましてや相手は国を追われた者。それを匿《かくま》うとなればそれ相応の勇気がいる。

「まさか、この国で他国の者を匿うことになるとはな、それも赤髪……縁起の悪い」

苦虫を噛《か》み潰《つぶ》したような表情でシェードは言った。

赤髪というのは、ナッシャにもらった魔法具で髪の色を赤に変えているレオンのことを指しているのだろう。

「陛下」

咄嗟にナッシャが口を挟んだ。

シェードの目がギロリとナッシャを睨みつける。

発言することを許可していないと怒りを表したのだ。

ナッシャはビクッと身を怯《ひる》ませ、すぐに平伏したが、それでもなお何かを言いたげにシェードを見つめた。

シェードは諦めたようにため息を吐く。

「何だ、言ってみろナッシャ」

すぐに、ナッシャはレオンの容姿に関する間違いを訂正《ていせい》した。

そして、レオンに首飾りを外すように言う。

レオンは言われた通りにした。

すると、赤かったレオンの髪はみるみる元の白っぽい銀に変わっていく。

その様子を見て驚愕《きょうがく》したのはシェードだけではなかった。その場にいた十一人の賢者たちも驚き、ざわついたのである。

レオンの髪色が珍しいとはいえ、その反応は少しおかしいくらいだった。

「その髪……まさか」

「陛下、私がレオン殿をお連れしたのは命を救われたからという理由だけではないのです。この髪の色と、それから彼が悪魔をその身に宿しているという事実。その全てを踏まえてのことです」

ナッシャの言葉で、再び場がざわついた。

白い髪、それに悪魔。

その二点から連想するのはただ一つ。

たった一人の悪魔の存在である。

「まさか、その小僧《こぞう》はファ・ラエイルの末裔《まつえい》だとでも言うつもりか？」

女王の口から出るとは思いもしなかった名前に、今度はレオンが驚いた。

◇

北の辺境国、アルガンド。

その歴史は古く、そして独立している。

鎖国しているので、その情報は他国にはほとんど流れず、ひたすら独自の文化を育んできた。

では、鎖国の理由とは何か。

アルガンドの国民たちは、とある秘密を抱えているのだ。

それも悪魔に関わる秘密を。

始まりは数千年前に遡る。

その頃のことは確かにアルガンドの歴史書に記されているのだが、遠い昔のため人々の記憶には当然残っていない。

もはやお伽話と同列に語られることすらあるのが現状だ。

そんな歴史の一幕にファ・ラエイルは登場する。

それは、まだ人間が魔法を知らずに生きていたとされる時代。

一人の青年がまだ国となる前のアルガンドを訪れた。

その目的は何だったのか、そこまでは伝わっていないが、とにかくその青年はこの地に魔法をもたらしたのだという。

「自分はファ・ラエイルという人物から魔法を教えてもらった。彼は悪魔という私たちとは別の種族なのだそうだ。なに、恐れることはない。彼の教えてくれた魔法という技術は人を豊かにするものだ。私はここに国を作り、彼の行った偉大な所業を後世に伝えていきたいと思う」

青年はそう言って、この地で最初の王となった。

彼が使う魔法は土地を開墾《かいこん》し、水のないところに井戸を作り、地形を活かした建物を作った。

それがアルガンドの始まりであった。

しかし、思うようにいかないところもあった。

ファ・ラエイルの偉業を後世に伝えるという部分である。

彼の思惑とは違い、ファ・ラエイルの名前はさまざまな形で世に広まってしまったのだ。それは、人間に魔法をもたらした偉大なる存在としてであったり、人が恐怖するべき象徴としてであったりと、不自然なほど異なる伝説となった。

次第に、悪魔を恐怖する声が強まり、ファ・ラエイルもまた恐怖の対象となってしまった。できたばかりのアルガンドは「悪魔を崇拝する国」と蔑《さげす》まれ、他国から非難を浴びるようになった。

それが鎖国のきっかけだったという。

「人間にはまだ、彼らの偉大さを知るための度量が足りなかったのだ。時を待とう。彼らと手を取り合える時代が来るまで」

初代国王はそう言い残して死を迎えたという。

◇

「以上が、私が伝え聞いたこの国の成り立ちだ。まぁ、今となっては鎖国には他の理由があるのだが」

そう言ってシェードはちらりと側にいるイグニスを見た。

イグニスはといえば話を聞いているのか、それとも眠っているのかわからないほど静かである。

その様子を見てシェードはため息を吐く。

「それで、お前は間違いなくこの話に出てくるファ・ラエイルを知っているのだな？」

シェードの鋭《するど》い眼光がレオンを射貫く。

レオンは多少狼狽《うろた》えたが、それでも真っ直ぐにシェードの目を見つめ返して頷くのだった。

アルガンド編

Botsuraku shita kizokuke ni hirowareta node
ongaeshide hukkou sasemasu

レオンがアルガンドを訪れてから一週間が経った。

彼をこの国に匿うことに否定的だった女王シェードと十一人の賢者たちは、レオンがファ・ラエイルの魂を宿していると聞くと驚き、そして怪《あや》しんだ。

その後、精霊イグニスの口添えでようやくレオンを信用した。

「この国の始祖と我らの誇りにかけて、そなたがこの国で満足のいく暮らしができるように努めよう」

女王シェードの言葉に逆らう者はもはやいなかった。

レオンとしては、何故ファ・ラエイルがこの国でそこまで信奉される存在になったのかが気になるところだったが、ひとまず滞在を許可されて幾分心が安らいだ。

しかし、気になることは他にもあった。

シェードに謁見した日、謁見の後でイグニスがレオンに言った。

「僕ら精霊は君に興味が湧いたよ。君の中の悪魔を抑えることに協力してあげよう」

そう言うと、イグニスは手のひらを上に向けた。そこに赤く光る玉が現れる。

イグニスはその玉をレオンの胸に押し込んだ。

痛みはない。温かさをともなう不思議な感覚だった。

すると、悪魔たちの魂がスッと静かになるのをレオンは感じた。

消えたわけではない。確かにその存在は感じるのだが、暴れている様子はない。

「僕の魔力が流れ込んで君の魔力が強化された。これなら多少魔法を使っても大丈夫だと思うよ」

イグニスはレオンを気に入り、無条件で悪魔たちを抑えるのを手伝ってくれた。

だが、これで全てが解決したかというと、そうではないらしい。

「僕の魔力だけでは、悪魔たちを完全に抑え込むのは不可能だろう。君はこれからこの国にいる間に、他の精霊たちを見つけるんだ」

イグニスが言うには、精霊王に命を受けてこの地を守護する精霊は四人。イグニスの他に水と土、風の精霊たちがいるのだそうだ。

レオンが完全に悪魔の力を抑え込むには、残りの精霊たちの力が必要らしい。

「ただ、彼らは結構頑固《がんこ》だからね。僕からも声をかけておくけど、簡単には力を貸してくれないだろう。きっと、試練だ何だと言って君のことを試してくる」

他の精霊たちは人間を嫌ってこそいないが、それなりに警戒しているらしい。

こんなに気さくに話しかけるのはイグニスだけなのだ。

そして、精霊は自分が認めた者にしか力を貸さない。

イグニスが声をかければ向こうから会いに来るとのことだったが、そこでレオンが精霊たちに力を認めてもらえなければ、協力してもらえないらしい。

「とにかく君がやることは、このアルガンドという国でさらに魔法に磨《みが》きをかけて、人間性を培《つちか》い、他の精霊たちの試練を乗り越え、全てを自分の力に変えることさ。気張れよ、レオン・ハートフィリア」

イグニスはそう言ってレオンの胸をトンと叩くと、空の彼方《かなた》へと消えていった。


その忠告を守るためにレオンは今、アルガンドの砦の中にある図書室に来ていた。

イグニスの言う通り、力をつけようとここに足を運んだのだ。

何しろ、魔力を強化してもらったおかげで多少の魔法を使えるようになったとはいえ、満足できるほどではない。

使いすぎればまた悪魔たちが暴走を始めるだろうし、イグニスの言っていた「次に悪魔たちの暴走を許したら体を乗っ取られるか、体が崩壊する」という話がなくなったわけではないからだ。

そんな状況ではおいそれと魔法を使うわけにもいかず、レオンはまず知識を蓄えようと図書室を訪れたのである。

鎖国国家ということもあり、置いてある文献は古いものばかりではないかと不安に思っていたのだが、その予想はいい方に裏切られた。

確かに中には古いと言わざるをえない情報もあったものの、それだけではなく、アルガンドで独自の発展を遂げた魔法形態を記した文献が存在したのだ。

それは王国で魔法を学んだレオンには新鮮で、中には王国のものよりも画期的な魔法もあった。

特に精霊魔法と呼ばれる、精霊を召喚してその力を行使する魔法には目を見張るものがあった。

それから、この国の歴史書にも目を通す。

何故、ファ・ラエイルことエレノアがこの国で崇拝されることになったのか。

この国を作った初代国王とは一体何者だったのか。

女王シェードの言葉だけではわからなかった部分を自ら調べる。

とはいってもこちらは思うような進展はなく、アルガンドの成り立ちなどは学べても、エレノアや初代国王に関する本はほとんどなかった。

ちなみに、レオンはこのアルガンドに客人という形で迎えられている。

身柄《みがら》を拘束《こうそく》されることもなく、こうして図書館に行ったり、砦を出て町を散策したりとある程度の自由が認められている。

ただ、女王からある仕事を仰せつかっていた。

それは毎日正午の鐘が鳴った後に始まる。

「レオン様！　またここですか。本を読んでばかりではお体によくありません！　さぁ行きましょう」

この少女が勢いよく図書室の扉を開けて入ってきた時が、開始の合図である。

少女――ナシェンは、レオンをここまで連れてきたナッシャの妹だ。

この一週間、彼女は毎日同じ時間に図書館を訪れては、レオンを外に連れ出すのだった。

ナシェンに連れられてレオンはアルガンドの外、シュトルム渓谷に赴《おもむ》いた。

レオンたちが通ってきたイルガ国側と同じく、アルガンド側にも存在する大きな地の裂け目。そこは魔導空船《まどうくうせん》と呼ばれる魔法具で移動する。

この船は数十人ほどが乗れる大きさで、一回往復するたびに魔石に魔力を補充している。乗る人間が直接魔力を注ぐ必要がなく、アルガンドの非魔法使いたちにとても重宝されていた。

魔法使いの中にはこれに乗らず魔法で渡る者もいるのだが、魔力を温存したいレオンにはありがたい乗り物である。

魔導空船でシュトルム渓谷を渡った後は岩山を登る。

上空を飛ぶ魔法生物――レオンがイグニスに抱えられて空を飛んだ時に見た、トカゲのような見た目の紅竜《こうりゅう》と呼ばれる生き物に気をつけながら、岩山の中腹を目指す。

岩山の中腹には切り開かれた広場があり、そこが目的地だった。

「レオン様、これを」

レオンはナシェンに渡された弓を受け取る。

今から始まるのは狩りだ。

獲物は地を這う肉食の魔法生物で、蛇《へび》のような見た目をしている。

岩に擬態《ぎたい》する性質があるらしく、普段は目で見てもよくわからない。

同行した他の狩人たちの中に生物を探知する魔法を使える者がいて、その魔法で位置を特定する。

場所がわかると、魔法を使えない非魔法使いの狩人たちが矢を撃ち込む。レオンもこれに参加するのだ。

姿を現した大蛇《だいじゃ》に魔法使いたちが魔法でトドメを刺すというのが一連の流れだった。


この日も問題なく狩りは終了した。

問題があるとすれば、レオンの弓の腕だった。

「今日も当たりませんでしたね……」

狩りを終え、アルガンドに戻る途中ナシェンが悲しげにそう言った。

そう、女王シェードから「自分の食い扶持《ぶち》くらいは自分で稼いでもらおう」とこの仕事を与えられたレオンだったが、魔法も使えず、慣れない弓では大して力になれていないのである。

それにアルガンドの狩人たちは皆、弓が上手かった。

狩人ならば当然かもしれないが、非魔法使いだけでなく、魔法を扱える者も十分に上手いのだ。弓だけでなく、例えば剣にしてみても、王国一の剣士と比較しても見劣《みおと》りしないだろうと思えるくらいに上手に扱う。

魔法に頼り切っているわけではなく、武器の扱いや体力、知力といった面でも十分に優れているのだ。

「レオン様、今日はどのお店で夕食になさいますか？」

狩りを終え、アルガンドに戻るとナシェンはレオンにそう尋ねた。

この一週間、彼女は狩りの時だけでなく、ほとんどの時間をレオンと過ごしている。

レオン係、言うなればレオンのお目付役《めつけやく》の任を女王から命じられているのである。

夕食時にはいつもレオンを町へ連れ出して、アルガンドの郷土料理を教えてくれる。

「美味しい！　美味しいですよ、レオン様！　ライバクにこんな美味しい食べ方があったなんて……」

今夜の夕食は町でも評判の食事処であった。

ここに来るのは二回目で、レオンはそこのスープがとても美味しいことを知っていた。そこで、その店の店主にライバクをスープと共に煮込むあの調理法を教えてみたのだ。

ナッシャが「妹にも教えてあげたい」と言っていたのをレオンは覚えていた。

店主はその調理法でライバクのスープを作ってくれた。

それを食べたナシェンは無邪気に笑って、食事に夢中になっている。

最初のうちは年齢よりも大人びた表情をしていたナシェンだったが、慣れてきたのか、最近ではこういった子供らしい表情も見せるようになっていた。

「レオン様は天才ですね。姉様は旅の途中、こんなに美味しいものを食べていたなんて羨《うらや》ましい限りです」

嬉しそうにスープを食べながらナッシャのことを話すナシェンからは、確かな愛情を感じる。

その様子を見て、レオンは少し寂しくなった。

故郷の弟のことを思い出したのだ。

ハートフィリア家の次男、マルクスのことを。

捨て子だった自分を拾い、温かく迎えてくれたハートフィリア家。

没落した貴族家であるその家を復興するために学院に進んだはずが、いつの間にか大変なことになってしまった。

ヒースクリフに家族のことを任せてあるとはいえ、心配にならないわけではない。

それに、そのヒースクリフやマーク、ルイズなど学院の友人たちのことも気になる。

彼らは「三年待ってほしい」と言った。

その言葉を信じてこのアルガンドまで来たが、どうしても不安になってしまう。

自分は本当に帰れるのだろうか。皆は無事だろうか。心配しても仕方がないことはわかっていても、どうしても考えてしまうのだ。

レオンの暗い表情に気づいたナシェンが心配そうに覗き込んできたので、レオンは急いで取り繕うように笑った。

「レオン様？」

「ごめん、何でもないんだ」

そう言ってみても、ナシェンの心配そうな顔は変わらない。

こんな少女にまで心配をかけるなんて、何をやっているんだと、レオンは気持ちを切り替えた。

それから魔法生物の肉を揚《あ》げた料理を追加で注文し、ナシェンに振る舞うのだった。

◇

夜、皆が寝静まった頃。

レオンは再び夢を見た。

悪魔たちと対話ができるあの精神世界である。

前と違うのは、その場所がレオンが今まで幾度となく夢で通ったエレノアの屋敷で、ほんの僅《わず》かだがエレノアの気配を感じ取れることだった。

屋敷の中で、レオンは迷うことなく廊下を進み、それから二階への階段を上る。

不思議とどこに行けばいいのかはわかっていた。

屋敷の一番奥の部屋に彼らがいるのだと。

目当ての部屋の前に着くと、ギィッと乾《かわ》いた音を立てながら扉が開いた。

部屋には八つの黒い影。

それが悪魔たちであることをレオンはすぐに理解した。

顔は見えないが、声だけだった前回と比べれば幾分話しやすいだろう。

その影の中の一人、シルエットから女性だとわかるが、その人物がまず最初に声を発した。

「来たか、レオン・ハートフィリア。私はア・シュドラ、覚えているな？」

その女性の問いにレオンは頷いた。

魔法学院の教師、アイリーン・モイストの体を乗っ取った悪魔だ。

「我々がお前に聞きたいことは一つ、何故我々を手放さなかった？」

続くア・シュドラの言葉の意味を、レオンは最初は理解できなかった。

しかし、すぐにそれが洞窟の中でのイグニスとの一件について言っているのだとわかった。

あの時イグニスは、レオンの体の中から悪魔たちの魂を引っ張り出そうとした。

何故それを止めたのか、ア・シュドラはそう問いかけているのだ。

「お前ももうわかっているだろう。我々はお前の体を諦めない。その体を乗っ取り、魔界に帰る。そして主様《あるじ》と共に再起を図《はか》り、必ずや人間界を手に入れる。それを止めたければお前はあの時我々を手放すべきだったのだ」

ア・シュドラの声は変わらず低く冷たい印象を与える。

しかし、そこに怒気や憎《にく》しみといった感情はないように感じた。

「えっと、よくわからないんだけど。君たちはそれでもいいの？　僕があそこで君たちを手放していたら、君たちは死んじゃうんだよ？」

「そうではない。そこまで……自らの命をかけてまで我々を取り込もうとする真意は何だ。一体何を企《たくら》んでいる」

「企むなんて……前にも言った通りだよ。僕はあなたたちとわかり合いたい。だって、それができると思うから。言葉だって通じる、文化も似ている。必要なのは争いじゃなくて対話だ。お互いわかり合うまで話し合えば、どちらも傷つかなくて済む道を選べるはずなんだ」

両者の話は平行線のまま。

レオンがどれだけ諭《さと》しても、ア・シュドラには伝わらない。

ア・シュドラが何故そこまで頑《かたく》なに対話を拒《こば》むのか、レオンにはわからなかった。

言葉こそ通じるが、両者の間には壁がある。

生まれてからここまでの生き方や、種族としての考え方など様々な壁だ。言葉が通じても、両者には到底わかり合えないほどの違いがあるのだった。

「もういい、話にならん」

ア・シュドラはまるで見限るようにそう言い捨てると、一方的に精神世界を閉じてしまう。

レオンの夢はそこで終わった。

「どうして途中で話をやめてしまうんだ」

目覚めるとまだ夜は明けていなかった。レオンに残ったのは言いようのない後悔である。

お互いにわかり合えるチャンスを潰してしまったという後悔。もっと上手く伝えられたら、信じてもらえるように話せていればと、そんな悔しさが残る。

その思いを抱え、眠れぬままに夜は過ぎていくのだった。

◇

レオンがアルガンドに来てから半年が経った。

その生活に大きな変化はなく、極寒の地での生活にもようやく慣れてきたところである。

あの夢を見た日以来、悪魔たちが暴れることはなかった。

レオンが魔力を極力使わないように注意しているというのもあるが、彼らの中で何かが変わったのか、不思議と抵抗する感覚が消えたのである。

それでもやはりエレノアとの繋がりは絶たれたままだった。

そこに寂しさも感じるが、幾分かの慣れを感じ始めた頃だった。

その日、気がつくとレオンは真っ白な世界にいた。

雪ではない。寒さも感じない。

はじめ、レオンはそこが精神世界ではないかと思った。

しかしそうではないとすぐに気づく。

突然吹きつけた風がそれを物語っていた。

風は鋭い刃に変わり、レオンの体を傷つける。

痛みがレオンを襲う。精神世界では仮に傷を負ったとしても痛みはない。

だが、この真っ白な世界にはしっかりと実体があり、痛みを感じた。

再び風が吹き、刃がレオンを襲う。

それと同時に声が聞こえた。

「あれ？　思ったほど歯応えがないね。イグニスが言っていたほど大した人間には見えないよ」

その一言でレオンはそれが精霊の仕業《しわざ》だと理解した。

風の精霊である。

「これは……試練なのですか？」

刃の痛みに耐えながらレオンは問いかける。

これがイグニスの言っていた精霊からの試練だと言うのならば、どうするのが正解なのかと考えている。

この風の刃を耐《た》え忍《しの》べばいいのか、それとも姿の見えない精霊を見つけ出せばいいのか。

「あれあれ、イグニスから聞いてないの？　力さ。力を見せてよ、君の！」

風の刃は容赦なくレオンを斬りつける。

レオンはそれを間一髪《かんいっぱつ》で避けながら「力を見せる」の意味を考えた。

魔法をぶっ放せば良いのだろうか。ただ、闇雲に戦えばいいのか。

どちらも違う気がしていた。

イグニスはレオンのことを「気に入った」と言った。そこにヒントが隠されている気がする。

ローブの内側で杖を抜く。

アルガンドの職人がレオンのために作ってくれたものだ。

手袋の形をしているアルガンドの杖とは違い、王国で使っていたものと同じ形状の杖。

まだ手に馴染《なじ》む感じはなく、借り物の感覚が残るそれをレオンは構える。

「やる気だね、いいよいいよ！　さぁ楽しませてくれ」

風の精霊の声は高く楽しそうに響く。

それと同時に風の刃は数を増す。

防げなければ命を落とすかもしれない攻撃だった。

レオンは杖で防御魔法を展開する……のではなく、その刃を全て見切って避けてみせた。

「あれ？　今魔法使った？」

戸惑ったような声が聞こえた後、試すかのように再び風の刃が襲いかかる。

それも間一髪のところで避けた。

レオンは魔法を使っていない。

悪魔の暴走を招かないために、使う気はなかった。

避けられたのは全てアルガンドの戦士たちのおかげだった。

この半年間、レオンが学んだことは魔法に頼らない戦い方である。

相手の動き、技を見切りそれを避ける技術、剣や弓の使い方、拳《こぶし》の突き出し方……レオンはこの国の戦士たちに直接教えを乞い、それらを学んだ。

「なんだ、魔法は使わないのか。つまんないの、つまんないならもう終わりだね」

呆《あき》れたような、拍子抜けしたようなセリフを風の精霊は口にする。そして大きな大きな風の刃を魔法で作り出した。

風の刃がレオンめがけて飛んでくる。

レオンはそれを避けない。

アルガンドの戦士たちから学んだことはもう一つある。

それは相手の隙を窺うということ。

そして、隙というのは大抵大技のあとに生まれるものだ。

迫りくる風の刃をレオンは杖で受け止めた。

通常の杖ならばそこで折れてしまうだろう。

しかし、レオンの杖は折れない。

ウッドシーフの枝と紅竜の牙から作られた杖だ。

しなやかに曲がり、鋼《はがね》をも弾く力強さを持つ。

杖は風の刃を正面から受け止めた。

「え、なに？　なんで？」

戸惑う風の精霊の声。

レオンはここぞという機会を逃さず魔法を放った。

炎の魔法に風の魔法を組み合わせる。

燃え上がった炎は白い空間を埋め尽くすまでに広がり、紅《くれない》の竜へと姿を変えた。

「うわっ。あちっ、あちち」

姿の見えない精霊にもレオンの魔法は当たったらしい。

そんな声が聞こえた後、白い空間は消えてなくなった。

見覚えのある岩の広場に立ち尽くし、レオンは自分が日課の狩りに行く途中だったことを思い出した。

目の前で、風がぐるぐると渦巻《うずま》き人の形をなした、風の精霊が立っている。

「いやぁ、参ったよ。まさかあんな綺麗な魔法があるなんてね」

風の精霊は自らの名前をシルフィーネと名乗った。

イグニスと同じく精霊王からこの地を任された精霊の一人で、友人であるイグニスから「面白い人間がいる」と聞いてやって来たとのことだ。

「僕としては少しばかり面白い魔法を見せてもらえればよかったんだけどね。まさか魔法を当ててくるとは思わなかったよ。びっくりして精霊結界を解いてしまったもの」

シルフィーネは愉快《ゆかい》そうに笑いながら言った。

精霊結界というのは精霊が使う魔法で、レオンが立っていたあの白い世界がそうなのだという。

「僕は合格ですか？」

レオンが聞くと、シルフィーネは「むむむ」と唸《うな》り出した。

「君、悪魔たちを体に取り込んだせいで満足に魔法を使えないんだよね？　ということは、悪魔たちを抑え込めればもっと面白い魔法が使えるってことだよね」

逆にシルフィーネがレオンに尋ねてきた。

確かにレオンは魔力の使用量を抑えるために、あまり大きな魔法は使っていない。

先程の炎の魔法に関しても炎をただ広範囲に広げると魔力を消費するため、風魔法と組み合わせたのだ。

「よーし、それなら合格。僕の力も貸してあげるからさ。これからもっと面白い魔法を見せてよ」

そう言ってシルフィーネは緑色の光る玉を出現させ、それをレオンの体に押し込んだ。

話し方といい合否の出し方といい、レオンはこのシルフィーネという精霊に少し幼く、子供っぽい印象を受けた。

「それじゃあ僕は行くよ。またね、レオン」

惜しむ間もなくそう言って姿を消したシルフィーネ。

レオンはその変わり者との出会いにわずかに苦笑して、他の狩人たちと合流するのであった。

◇

「よう、レオン。守人様の試練とやら無事に終わったみてぇじゃねぇか」

勢いよく背中を叩かれて、レオンはむせそうになりながらも何とか耐えた。

声をかけてきたのはカール・ライナーという名前の青年だ。

レオンよりも少し年上で、茶色い髪と日に焼けた肌がよく似合っているが、雪国のアルガンドでは少々目立つ風貌《ふうぼう》をしている。

カールとレオンが初めて出会ったのは、レオンがこの国に来た最初の日である。

女王シェードに招かれて訪れた謁見の間。その場にカールもいたのだ。

彼はアルガンドの十二人の賢者のうちの一人だった。

どうやら賢者の中で最年少らしいカールは歳の近いレオンを何かと気にかけてくれて、話をするうちに打ち解けたのである。

アルガンドでできた新しい友だった。

カールはどこからかレオンが精霊シルフィーネと会い、気に入られたというつい先日の話を聞いてきたらしい。

酒場で一人夕食をとっているレオンに笑いかけながら、向かいの席に座った。

この酒場は以前レオンがナシェンと共に訪れた店であり、レオンがライバクの新しい調理法を教えた店でもあった。

「こんなに美味しいライバクは食べたことがない」

と絶賛したナシェン。うら若い少女に煽《おだ》てられて気をよくした店主は、その新しい調理法を店の名物として打ち出した。

以来、ライバクをスープと共に煮込むという調理法はアルガンド中に広まり、ブームとなっていた。

そのナシェンは、今日は新しく十二人の賢者に加わるナッシャの手伝いがあるとのことで、珍しくレオンと一緒ではない。

「でも、本当にあれでよかったのかわからないよ。試練って言ったって随分とあっさりしたものだったし」

いつものスープを食べながらレオンはカールに不満をこぼす。

思えば最初にイグニスに認められた時もそうだった。

レオンには何が何やらわからないままに話が進み、気づけば風の精霊にも認められてその魔力を託《たく》されている。

もちろん、悪魔たちの魂を鎮《しず》めてくれることには感謝しかないのだが、レオンには何故二人の精霊が自分を認めてくれたのかよくわからなかった。

何もわからないまま話が進むというのは何とも不安なものだった。

「まぁ、あんまり気にすることはないんじゃねぇか？　守人様たちは元々人間好きって話だし、それに人間の真意を見抜くって話だぜ」

カールはそう言いながら揚げ物を口に放り込み、アルガンド自慢の酒で流し込んだ。

余談だが、この酒は苦くレオンには美味しいとは思えなかった。

「真意……精霊様には相手の本心がわかるってこと？」

レオンが聞くと、カールは早々に赤くなった顔で大袈裟《おおげさ》に頷いた。

「よかったじゃねぇかよ。お前は根っからいいやつって守人様が思ったってことなんだからよ」

既に酔っているらしいカールだが、その手は決して止まらない。

なくなった側から新しい酒を注文している。

「そういえば、何でアルガンドの人たちは精霊様のことを守人様って呼ぶの？」

カールの酒がいい感じに回ってきた頃、レオンは思い出したように尋ねた。

するとカールはしゃっくりをしながらも、

「そりゃ、おめえ……守ってるからだろ」

と言った。

「一体何を？」

「何をって……まずシュトルム渓谷だな。それからアルガンドの人々と、世界だな」

呂律《ろれつ》が怪しくなってきたカールの言葉は、どこまでが真実なのかわからない。

シュトルム渓谷には守らなければならない何かがあるのか。それから人だけでなく世界を守っているとはどういう意味なのか。

聞きたいことはまだまだあったが、それを尋ねることはできなかった。

レオンが質問するよりも先に、酒場の扉が勢いよく開かれたからだ。

その豪快な音で酒場にいた客の目が扉に集中し、シーンと静まり返る。

入ってきたのは少女。顔を真っ赤にして明らかに憤慨《ふんがい》しているナシェンであった。

「カール様……ここで何をしているのですか？」

ナシェンは笑っている。

しかし、その迫力に酒場にいた誰もが気圧《けお》されている。

名前を呼ばれたカールは一瞬にして酔いが覚めたという顔をして、背筋をピンと伸ばした。

「ナ、ナシェン……？　どうしてここに」

おろおろとするカールが尋ねると、ナシェンは一歩ずつカールへと近づいてくる。

背が低いはずのナシェンの姿がレオンには何故か大きく見えた。

「どうしてではありません！　今日は姉様の神聖なお披露目《ひろめ》の日ですよ。他の十一人の賢者様にはそれぞれ立ち会うようにとの通達が出ているはずです！」

捲し立てるようにナシェンは叫び、カールは身を縮こまらせてそれを聞いている。

つまり、カールは新しい賢者の就任に立ち会わなければならないのに、それをサボったのである。

いつまで経ってもカールが現れず就任式を始められないために、ナシェンが捜しに来たのだ。

その後もナシェンは「何故お酒を飲んだんですか！」「賢者という立場をどうお考えなのですか！」とカールに説教し、カールは情けなくも少女に何も言い返せずにいた。

レオンは口を出したら巻き込まれそうなので、影を薄くして成り行きを見守ることしかできない。

結局、カールはナシェンに耳をつねられ、そのまま引きずられて酒場を出ていった。

静まり返った店内。

この店の客のほとんどは男性だが、その男たちが気まずそうな顔で食事に戻る。

皆何かから逃げて飲みに来ているのだろうか。どことなくバツの悪そうな表情で苦い酒をちびちびと飲み進めていた。

そんな中、レオンはとあることに気づいてハッとした。

目の前にはカールが食べ散らかしていった食事と酒の器。

そしてカールはいない。

「支払い……僕？」


アルガンドに来て半年、レオンはこの地に随分と慣れた。

アルガンドの人たちは気のいい者ばかりで、余所者であるレオンを受け入れてくれた。

しかし、シルフィーネの後に残った二人の精霊は中々その姿を現さず、レオンの魔法の勉強も停滞してしまった。

新たに覚えることは少なく、覚えたことを身につけるために反復する日々。

そんな日々の中でレオンは何とも言えない無力感を味わうようになった。

自分一人ではどうしようもない現状に苛立《いらだ》ち、それでもなお、なすすべがなく前に進めない。

レオンに一通の手紙が届いたのは、そんなもどかしさを抱えながらアルガンドで一年と少しを過ごした頃だった。

◇

王国、魔法学院。

アルガンドから遠く離れたこの地で今日、一つの儀式が行われていた。

それは、魔法使い見習いたちが一人前になる儀式。

卒業式である。

その卒業生の代表として学院長、並びに教師陣に向けて決意の宣誓《せんせい》をしたのはこの国の第二王子、ヒースクリフ・デュエンだった。

一年生の時には傲慢な態度で学院に迷惑をかけ、盛大にやらかした彼だったが、二年生以降は目を見張る成長を遂げた。

まずは何と言っても「悪魔の生まれ変わりの討伐」だろう。

伝説の悪魔、ファ・ラエイルの生まれ変わりとされるレオン・ハートフィリア。悪魔に乗っ取られかけた王都で彼を討ち取ったことで、ヒースクリフは国民に希望という名の光を与えた。

もちろん、それはレオンを逃がすために彼自身が画策した芝居《しばい》であったが、自分の力が及ばなかったばかりに友を失うことになった経験は、彼を大きく成長させた。

二年生の最後の学期末テストでヒースクリフは、彼やレオンの友人である優秀な生徒ルイズ・ネメトリアを上回る好成績を見せた。

さらに、三年生の時には学外での奉仕活動で国民の信頼を勝ち取り、学院の卒業生で、魔法具師でもあるクエンティン・ウォルスと協力して新たな魔法具を開発。

魔法界に大きな影響を与えた。

卒業式が滞《とどこお》りなく終わると、ヒースクリフは学院の正門へと足を運んだ。

友を一人、見送るためである。

正門には既に見知った生徒が来ていた。

北方の貴族で、成績優秀なルイズ・ネメトリア。

王都近郊に住む中央貴族のオードとニーナ。

それから、この一年ですっかりヒースクリフの右腕と呼ばれるに相応しく成長した、ダレン・ウォルスである。

そんな彼らに見送られるのはレオンの親友、マークだった。

その腰にはトレードマークの剣を差し、一人前の魔法使いがつけるのと同じローブを身に纏《まと》っている。

「もう行くのか」

正門に着くなりそう聞いたヒースクリフに、マークは頷いた。

魔法使いとはいえ、一人の平民の見送りに王族が顔を出すなど普通ではないが、彼らには繋がりがある。友情という深い繋がりだ。

その友情は共通の目的を達成するために、より強固になっていた。

「ヒースクリフ、ダレンを頼んだぜ」

「バーカ、こいつを頼まれんのは俺だ」

マークがヒースクリフにそう笑いかけると、横にいたダレンが食ってかかる。

二人ともどこか寂しそうで、どこか誇らしげだった。

「ルイズ、オード、ニーナ。俺がいない間、ヒースクリフたちを助けてやってくれよな」

ニカッと笑うマークにオードとニーナは笑顔で手を振り、ルイズはかすかに涙目になって、

「ばか、偉そうに。マークがいなくても何も変わりはしないわよ」

と言った。

「お、泣いてくれるのかルイズ」

マークが茶々を入れると、

「泣いてないわよ！」

といつもの強気な返事が響く。

ここにレオンがいないことが、この場にいる全員にとっての心残りだった。

「マーク、例の件……よろしく頼む」

ヒースクリフがそう言って右手を差し出した。

マークはその手を握り返す。

「落ち着いたら必ずやるよ」

それから魔法でフワリと飛び立つ。

「じゃあな皆。元気で！」

◇

アルガンド国内の砦。

三階にある一室がレオンに用意された部屋だった。

柔《やわ》らかいベッドの上に腰を下ろし、レオンは一通の封筒《ふうとう》を見つめている。

その封筒はある日レオンの部屋に置かれていたもので、砦の使用人たちに聞いても部屋に置いた覚えはないという。

突然現れた不思議な手紙。

差出人はマークだった。

こんな状況でなければ喜んで封を切るのだろうが、国外に追われている状況のため、警戒心を抱かずにはいられなかった。

とはいえ、こうして封筒と睨み合っていても何も解決はしない。

意を決してレオンは封を切った。


レオン、元気か？　俺は元気だ。この手紙がどういう風に届くのかよくわからないけど、きっと急に手紙が現れて驚いていると思う。この手紙は魔法具で、ヒースクリフとクエンティン先輩が共同で開発したものだ。送る相手の魔力をたどって届くらしく、王都では早速話題になってる。俺は、剣に付与してくれた時のレオンの魔力を頼りにこの手紙を出すことにした。ヒースクリフの話だと、こっちの国ではお前は既に死んだことになっていて、何回も手紙を出すのは怪しまれるかもしれない。お前からの返事も受け取れないから、手紙を出すのはこの一通が最初で最後だ。皆と相談して俺が出すことに決めた。家族からではなくてすまない。

そんな書き出しで、手紙にはレオンがいなくなってからの出来事が綴《つづ》られていた。

レオンの家族がヒースクリフの計らいによって平穏無事に過ごせていること。

マークたちが学院を卒業したこと。

ヒースクリフを王にするために、グラントや学院長といった一部の学院の教師陣とミハイルが団長を務める魔法騎士団、そしてルイズたちが手を結んでいること。

卒業した後、ルイズは北方の領地に戻り、魔法で領地を発展させながら北方の貴族をまとめようと頑張っているらしい。

オードやニーナも中央の貴族たちと互角に渡り合うべく、まずは自分の家の説得。そして、次期当主になるために尽くしている。

ヒースクリフは第二王子という肩書きを前面に出し、ダレンと共に国民の信頼を得るための政策に力を注いでいる。

そして、マークは王国を出て海を渡り、リニシア帝国にいるのだという。

手紙には、リニシア帝国で一番有名な鍛冶《かじ》職人に強い剣を作ってもらうために訪れたと書いてあった。

最後に、どうせお前のことだから俺たちを心配してモヤモヤしていると思う。心配するなとは言わない。ただ、俺たちを信じろ。俺たちもお前が帰ってこられる日が来ると信じてる。

親友より

手紙にはそう綴られていた。

読み終えたレオンの目から、自然と涙が溢れた。


この日、レオンは狩りに出て、一人で大蛇の魔法生物を三体倒すという快挙を成し遂げた。

それも弓を使ってである。このままではいけないという思いがレオンを駆り立てた。

客人であるレオンがアルガンドの方法で狩りを成功させたことは国中に広まり、その日はちょっとしたお祭り騒ぎになった。

「ほらな、見たか。俺はレオンはやれるやつだと思ってたんだ！」

酒に酔いながら喚《わめ》くカールを尻目《しりめ》に、レオンは久しぶりにアルガンドの苦い酒を飲んだのだった。

◇

三人目の精霊が現れたのは、レオンがアルガンドに来てから二年目の春だった。

春といっても、相変わらず雪が降り続ける極寒の地であることは変わらない。

アルガンドでは夏の一時期を除いてほとんどの間雪が降っているらしく、そんな中でも豊かに暮らす人々と、その生活を支え、どんな厳しい寒さでも育つライバクには感心するばかりだった。


精霊が訪れたのはレオンが自室で本を読んでいた時だった。

図書室から借りてきた本で、アルガンドの歴史について書かれている。

最初の頃は、ファ・ラエイルの記述が少ないからと注目していなかったのだが、最近になってこれはこれで面白いものだと思うようになった。

特に、時折出てくる「守人」という精霊を指す言葉と、その守人から与えられるという「加護」について書かれている箇所には興味が湧いた。

本の情報は不十分だったので、加護についてナッシャやナシェン、それから酔っ払ったカールにも聞いたのだが、彼らは教えてくれなかった。

ともあれ、アルガンドの戦士たちと組み手をするか、魔法の勉強をするか、狩りに行くか。

そんな程度しかやることがないレオンにとって、この読書の時間はいい息抜きになっていた。

ふと本から目を離し、視線を上げると、レオンはそこが自分の部屋ではないことに気がついた。

いつの間にやら違う建物にいた。

窓、というにはいささか大きい扉のようなものは障子《しょうじ》だ。

草を敷き詰めたような床は畳《たたみ》であると、レオンは学院時代に読んだ本の知識から理解する。

確か、東方の島国に見られる建築様式だったはずだ。

その障子の向こうには豊かな緑と小さな池。

見事な庭園が広がっていた。

突然、別の場所に来たかのように感じるのは二度目。

この感覚にも覚えがあった。

精霊の使う精霊結界というやつだろう。

「ようやく来たか」と三人目の精霊の訪れを感じたレオンは、そっと本を閉じた。

それと同時にレオンの後方の扉……襖《ふすま》が開く。

「お初にお目にかかります、レオン・ハートフィリア。私は土の精霊ディアンティーヌ。以後お見知りおきを」

前回のように不意打ちをしかけるでもなく、イグニスのようにいきなりレオンを魔法で包むのでもなく、土の精霊ディアンティーヌは礼節を尽くしてレオンに頭を下げた。

土が人の形を保っているようなその姿からはわからないが、その声や仕草は女性のもののように感じた。

ディアンティーヌはレオンの前に正座すると、盆に載せたお茶を差し出す。

「粗茶ですが」

思いもよらない行動にレオンは拍子抜けするが、ディアンティーヌに流されてその場に座り、お茶を受け取る。

ふと口をつけようとしてレオンの動きが止まった。以前読んだ本に「東方ではお茶を飲む時に決まった作法がある」と書かれていたことを思い出したのだ。

どんな作法だったかをレオンが思い出そうとして迷っていると、ディアンティーヌはクスリと笑った。

「お気になさらず、私も見よう見まねですので」

ディアンティーヌがそう言うので、レオンはお言葉に甘えてそのままお茶に口をつける。

紅茶とは違うほのかな苦味のあるお茶だった。

それでいてどこかホッとするような不思議な味がする。

「さて、それでは早速」

そう言ってディアンティーヌがレオンの胸に触ろうとしたので、レオンは慌ててお茶を置いた。

「あの、何を……」

その言葉にディアンティーヌは首を傾げる。

「あなたの中の悪魔を抑える手助けをしようかと思ったのですが、いけませんでしたか？」

ディアンティーヌは真面目そうな声色でそう言った。

これにはレオンも戸惑ってしまう。

「試練はないのですか？」

レオンがそう尋ねると、ディアンティーヌは再び「はて？」と首を傾げた。

表情がわからなくても、彼女が困っているのはわかる。

「試練ならば先程終わりました。私の出したお茶を飲む。それが試練です」

ふざけているわけでも、嘘をついているわけでもなく、ディアンティーヌはそう言った。

「あの……本当にそれが試練なのですか？」

「はい」

レオンはますます戸惑うばかりであった。

前回のシルフィーネの時はいきなり攻撃されて焦った。

しかし、その後レオンが反撃してみせると、シルフィーネはあっさりとレオンのことを認めてくれた。

認められて困るわけではないが、今回はレオンが想像していた試練とはあまりにもかけ離れている。

イグニスだって「アイツらは頑固だから簡単にはいかない」と言っていたはずだ。

「私たちは精霊王様からこの地を預かりし精霊。そして、精霊はもともと人と悪魔の調停役。人間の子が悪魔と手を取ろうとしているのを咎める理由はありません」

お茶のおかわりを注ぎながらディアンティーヌはそんなことを言った。

ディアンティーヌの言葉が気になり、レオンはさらに説明を求めたが、彼女はクスリと笑うだけでそれに答えようとはしなかった。

「今はまだ知らなくてもよいのです」

と受け流すだけである。

そして、その代わりに助言する。

「次に訪れる精霊は水の精霊ウンディーヌ。彼があなたに与える試練は力と力のぶつかり合いでしょう」

ディアンティーヌはさらに続ける。

「イグニス、シルフィーネ、それから私。三人の精霊から力を注がれたあなたはもう大丈夫。恐れることなく魔法を使っても、悪魔たちが暴れ出すことはありません」

ディアンティーヌが言うには、これまでレオンが託されてきた精霊たちの魔力は魔法の使用自体を助けるものではないのだという。

そうではなく、今までレオンが自分の力で抑えてきた悪魔たちを代わりに抑えてくれるのだ。

「魔法の力を培いなさい、人の子よ。恐れずに勇気を持ってウンディーヌの来訪に備えるのです」

ディアンティーヌはそう言って土色に光る玉でレオンに力を預けた後、姿を消してしまった。

残されたレオンはいつの間にか、砦の自室に戻っていた。

三年後編

Botsuraku shita kizokuke ni hirowareta node
ongaeshide hukkou sasemasu

時が流れるのは速く、噂が風化するのもまた速い。

かつて、王国の民を恐れさせたレオン・ハートフィリアという名前は、いつの間にやら過去のものとなり、今ではその名を口に出す者はいなくなった。

レオンがこの国から姿を消して三年。

そして第二王子ヒースクリフが魔法学院を卒業してから二年の月日が流れた。

これまでのヒースクリフたちの動きはレオンの知るところではないが、彼らはレオンを国に帰還させるためだけに日々研鑽《けんさん》を積んでいた。

北方の貴族、ルイズは学院を卒業してすぐに領地に戻り、現在は父親から領主の座を継いだ。

彼女は持ち前の魔法の才能を活かし、土地を開拓して領土を拡大。

食料問題に取り組み、領民が飢《う》えることのない体制をたったの二年で築いた。

それだけではなく、他の北方貴族たちとの交流を深め、第二王子派閥と呼ばれる貴族たちの集まりにその名を連ねたのである。

王都中央貴族、オードとニーナはそれぞれ親のあとを継ぎ、当主となった。

オードは持ち前の優しさと知識で魔法を使った治療院を開設し、貴族だけではなく魔法を使えない平民たちにも分け隔てなく魔法を施した。

その評判は瞬く間に広がり、オードは平民たちにとって救世主のような存在になりつつあった。

ヒースクリフとその友ダレンは、第二王子派閥の貴族たちをまとめ上げた。

三年前のなすべのなかった状況から、第一王子アーサー・デュエンと争えるまでに成長したのである。

そして、レオンの親友マークは、帝国への旅を終えて一年前に帰国していた。

彼はその足で魔法騎士団に入団し、たったの一年で辺境の部隊を任されるまでに出世したのである。


王国南の町、クレトス。

ここは三年の間に大きな変貌を遂げた町と言えるだろう。

その変化の一つに、領主であるルクサス・ネバードが国王から領主の任を解かれたことがあげられる。

その理由は「悪魔を生み出した責任をとって」である。

もともと、この町はレオンのハートフィリア家が暮らす山小屋のすぐ近くにあった。

国王アドルフは国が悪魔たちに襲われた後、その責任を全てレオンに押しつけてレオンを悪魔の末裔であると発表した。

レオンがヒースクリフに討伐されたとされ、国から姿を消したあとは、責任を故郷の町に負わせたのである。

当然、レオンの家族であるドミニクたちにもその火の粉は降りかかりそうになった。

しかし、それはヒースクリフによって防がれた。

「レオン・ハートフィリアは孤児《こじ》でありドミニク・ハートフィリア、並びにレンネ・ハートフィリアの実子ではありません。レオンは彼を拾った義理の両親である二人に魔法をかけ、自分を育てさせたのです」

ヒースクリフはアドルフをそう説得した。

実子でないことは事実だが、後半はレオンの家族を守るために仕方なく吐いた嘘だった。ヒースクリフにとっても苦渋の決断だった。

ただ、そのおかげでドミニクたちは事件の被害者と捉えられ、責任の追及を免《まぬか》れたのである。

アドルフは何かきな臭さを感じていたかもしれないが、実の息子であり、悪魔の末裔を倒した英雄であるヒースクリフにそう言われては、頷くしかなかったようだ。

そして、残された責任問題は町の領主であったルクサスに降りかかった。

これに関しては完全にとばっちりであり、ルクサスにとっては不運な出来事でしかなかったが、結果だけを見ればこれでよかったと言える。

というのも、ルクサスは自身の領民に重税を課し、そのお金で私腹を肥やす典型的な悪徳貴族だったのだ。

領民の評判も悪く、近いうちに監査《かんさ》が入り、処罰《しょばつ》される予定だった。

国外への追放処分となったネバード家の代わりに、クレトスの町には新しい領主が誕生した。

ヒースクリフが信頼する優秀な貴族で、ルクサスのように重税を課すこともなく、町は平和で豊かになった。

三年が経った今でも、この町を悪魔を生み出した町と陰で噂する者はまだいる。

それでも、表向きは緑の豊かな町ということで人気を集めている。

そんな町の守護を任されたのが、魔法騎士団員であるマークであった。


その日、マークは森を通る街道に現れたという大型の熊の討伐のために、部下を数人連れて出かけていた。

馬に乗って現場に向かう途中、マークが腰に差した二本の剣がかちゃかちゃと音を鳴らす。

その熊はここ最近街道を行く旅商人の馬車を襲うようになり、味をしめたのか、頻繁《ひんぱん》に出現が報告されている獣だった。

街道から捜索《そうさく》を開始し、足跡をたどって森の中に入る。

見つけたのは倒された熊の姿だった。

「隊長、これは……」

隊員の一人が戸惑ったようにマークに判断を仰《あお》ぐ。

マークは倒された熊の亡骸の状態を確認する。

胸を一突き。槍や剣によるものではなく、魔法によるものだった。

魔法騎士団の団員がやったのならば、必ず報告されているはず。

マークは小さくため息を吐いた。

「またアイツか……」

マークには熊をやった人物に心当たりがあった。

隊員に命じて熊の亡骸を運ばせる。

倒されてからまだ時間は経っておらず、今持ち帰れば十分に食料として町で役立てられるだろう。

隊員たちが熊を運んでいった後、マークは別の場所を目指して歩き出す。

そこは森の中を少し歩いたところで、小さな小屋と庭があった。

マークがそこに着いた時、少年が一人、庭の物置から荷運び用の手押し車を運び出しているところだった。

「それで熊を運ぶ気か？　マルクス」

マークが声をかけると、少年は顔を上げてマークの姿を確認する。

そして顔を輝かせたかと思うと、駆け寄ってきた。

九歳になったレオンの弟、マルクス・ハートフィリアである。マークが訪れたのはレオンが生まれ育った実家、ドミニクとレンネの家だった。

「何で熊のこと知ってるの？」

マルクスが不思議そうに尋ねてくるので、マークは彼の頭を撫《な》でて答える。

「森で倒されているのを見つけたからな。ダメじゃないかマルクス、野生の熊は危ないって教えたろ？」

マークがそう言うと、マルクスはしゅんとして落ち込んだ。

「ごめんなさい」

どうやらマルクスは薪を集めに森へ行った時に熊と遭遇《そうぐう》し、仕方なく魔法で倒したようだった。

倒した熊を町まで運ぼうとしたが、一人では重くて運ぶことができず、一度家に帰って手押し車を持っていくつもりだったようだ。

マークは魔法騎士団の人間が熊を運んだことを伝えた後、本来であれば熊の討伐でマークたちがもらうはずだった町からの依頼金をマークに手渡した。

マークはお金を受け取って嬉しそうに目を輝かせると、そのお金を持って家の中に入っていく。

母であるレンネに渡しに行ったのだ。

すると、マルクスと入れ違いにドミニクが小屋から出てきた。

「おや、マーク君。来てたのかい」

鎌を持っているところを見ると、庭の畑の手入れをしに来たらしい。

雑草の処理なんて魔法を使えば一瞬だろうとマークは思うのだが、ドミニクは魔法を使って楽をしているところをマルクスに見せたくないらしかった。

「魔法に頼り切りになると魔法使いとしても大成しない」

というのが彼の口癖《くちぐせ》である。

マークはドミニクに挨拶して、森でマルクスが熊を倒したことを話した。

「そうか、あの子が……」

寂しそうに呟いたドミニクは、マークと同じように小さくため息をついた。

まだ十歳にも満たない少年が魔法で大きな熊を倒した。

親からすればそれを褒《ほ》めようか叱《しか》ろうか、迷うところなのだろう。

「まぁ、あのレオンの弟ですからね。多少のことでは驚きませんよ」

マークはドミニクたちとレオンの血が繋がっていないことを知っている。

それでもマルクスを見ていると、レオンの面影を感じてしまうのだ。

魔法に夢中になっているところなんて本当にそっくりだった。

「そうか、そうだね……あの子も元気でやっているといいんだが」

額に浮いた汗を手ぬぐいで拭《ぬぐ》い、ドミニクは遠くの空を見上げた。

レオンが死んでいないことはヒースクリフから内密に聞いている。

それでも会えなくなったこの三年間、寂しくなかった日はない。

辛い目にあっている息子にできることがないというのは、何とも歯痒《はがゆ》かった。

そんなドミニクにマークは何も言えないでいる。

かける言葉が見つからないのだ。

「そういえば、もうすぐ次の国王の就任式だね」

マークのそんな様子を察して、ドミニクは話を切り替えた。

マークは慌てて「はい」と返事をする。

国王アドルフの任期は今年で終わる。

任期が終われば次の国王を選ぶことになり、それはアーサーかヒースクリフのどちらかになる。

「ヒースクリフは今も頑張ってます。次の国王になるために。だからもう少しだけ待ってやってください。俺たちが必ず、レオンが帰って来られる国を作りますから」

マークがそう言うと、ドミニクは笑った。

◇

北の小さな村、シート。

その村を含む周辺の村々は、ルイズ・ネメトリアが領主を務める領地である。

「ルイズ様、こんにちは！」

魔法で鍬《くわ》を振り下ろすルイズに子供たちが挨拶をして通りすぎる。

その子供たちに挨拶を返しながら、ルイズは渇《かわ》いた喉《のど》を潤《うるお》すために水の入った皮袋に手をつけた。

「精が出るな、領主様」

不意に声をかけられてルイズは振り返る。

そこにはよく見知った男性が立っていた。

「寝ていなくていいの？　父さん」

ルイズの父、クリフ・ネメトリアである。

ルイズに領主の地位を譲《ゆず》った後、腰を痛めてずっと療養《りょうよう》中だった。

「なに、今日は結構調子がいいんだ。今なら鍬だって振れるぞ」

そう言って本当に鍬を握り出した父に、ルイズは苦笑する。

「無理しないでよ」

耕《たがや》した土に、落ち葉を燃やした灰を肥料として撒《ま》く。

種を植える時期に備えているのだ。

作業が終わると二人は木でできた不恰好《ぶかっこう》な椅子に腰かける。

「村を出るのか」

水を飲みながらクリフがルイズに尋ねる。

少しの沈黙の後、ルイズは「うん」と頷いた。

「友達が……私の力を必要としているの。だから、王都に行って彼らの力にならなくちゃ」

ルイズがそう言うとクリフは「そうか」と呟いただけで、それ以上何も言わなかった。

それから「少し待ってろ」と言って、一度自宅に帰り、何かを持って戻ってきた。

「これをやる」

クリフが差し出したものをルイズは受け取った。

それは一冊の本だった。

決して裕福ではない家にあるたった数冊の本。その全てをルイズは読んだことがあるし、覚えていたが、その本には見覚えがなかった。

「お前の祖父さんの『杖』だ。魔法使いとしての才能のない俺には上手く使えなかったが、お前ならきっと上手く使えるだろう。持っていけ」

その本には、腕のいい魔法具師が印を施してあった。

ルイズの祖父はネメトリア家の中で魔法の才能が飛び抜けていたそうで、その代だけネメトリア家の領地は貧困を知らずに過ごすことができたと語られている。

「お祖父様の……杖」

ルイズは受け取った本を開いてみる。

書かれているのは簡単な魔法の基礎について。

しかし、その内容とは別にルイズは確かに杖を持った時と同じ感覚がした。

まるで、何十年も使い続けてきたかのように、しっくりときた。

クリフはルイズが大きな戦いを前にしていることに気づいたのかもしれない。

優秀な娘に何と声をかけていいものかわからず、止めるべきかどうか悩みながら結論を出して、この本を渡したのだ。

本を受け取ったルイズは、

「ありがとう、父さん」

と言って微笑むのだった。

◇

新しい国王を選任する日が近づくにつれて、王都では次第に慌ただしさが増していった。

第一王子派閥、第二王子派閥と呼ばれる貴族たちの集団ができており、双方の仲は日が経つごとに目に見えて悪くなっている。

「辺境に橋だと？　そんなものを作る暇があったら、王都への献金を増やすことに力を注ぐべきだ」

「まだ私腹を肥やしたいと言うのか、デルゼン卿《きょう》。恥を知れ！」

毎日のように開かれる貴族の会議は、今日も二派閥に分かれて荒れていた。

双方の言い分は大きく対立していて、大まかに言えば「税をさらに重くして国を支える貴族の力を強めるべきだ」というのが、第一王子派閥。

「王都周辺だけでなく辺境の整備をし、国全体の力を上げるべきだ」というのが第二王子派閥。

貴族の支持が厚いのは前者で、平民の信頼が厚いのは後者であった。

二派閥の醜《みにく》い言い争いを聞きながら、第二王子派の末席に座るオードはため息を吐いた。

オードの目にはこの会議そのものが茶番にしか見えない。

第一王子派、第二王子派、そのどちらの派閥の貴族たちも二人の王子にアピールしているだけなのだ。

「私はこんなにも国とあなたのことを考えていますよ」と言っているだけである。

両派閥が掲げている政治的な目標は言ってみれば、それぞれの王子の方針だ。それに賛同する貴族たちは王子に気に入られようと声を揃えているにすぎない。

現状では第一王子派が六で、第二王子派が四だろうか。

しかし、その数字は王子の動きで大きく変わる。

勝ち馬に乗ろうとする貴族がほとんどだからである。

「これは……想像以上にこの国はまずいかもな」

誰にも聞こえないような声で、オードはポツリと呟いた。

◇

「クソッ……何故だ。何が起きやがった！」

マークは南の町クレトスから王都へ向けて馬を走らせていた。

その後ろについているのは魔法騎士団のマークの部下たちである。

「隊長、止まってください！　これ以上は馬が持ちません」

必死に止める隊員の声もマークの耳には届かない。

彼はそれほど焦っていた。

マークが止まったのはそれから少しして、雨が降り始めた頃だった。

限界を迎えた馬が走りながら倒れ、マークは馬の背から放り出されたのである。

街道にできた水たまりに頭から突っ込み、体を泥《どろ》だらけにしたことでようやくマークは少しばかり冷静になれた。

「ハァ……ハァ……」

顔に打ちつける雨の雫《しずく》をローブの裾《すそ》で拭い、来た道を振り返る。

隊員たちの姿はない。どうやら振りきってしまったらしい。

マークは放り出された時に一緒に落ちた荷物を拾うと、倒れた馬に駆け寄った。

「すまん、急ぎすぎた」

謝りながら馬に回復の魔法をかける。

倒れていた馬はすぐにまた立ち上がり、マークに頬ずりをする。

馬のたてがみを撫でながら、マークは隊員が追いつくのを待った。

急報が入ったのは昨晩のことである。

それは王都からの通達で、国の各地に散らばった魔法騎士団に招集をかけるものだった。

その内容は「第二王子ヒースクリフ・デュエンの反逆により、新国王選任の儀式を中止。新たな国王には第一王子アーサー・デュエンが選出された」というものだった。

各地にいる魔法騎士団員は寝耳に水だ。

マークは夜のうちにクレトスを出立。

馬に回復魔法をかけながら夜通しここまで走ってきたのである。

「隊長！」

遅れていた隊員たちがようやくマークに追いついてきた。しかし、無理を押しての夜通しの強行軍。回復魔法をかけ続けたとしても、馬にかかる精神的ダメージは既に限界に達している。

「馬を休ませるぞ。このまま歩いて商業都市リーンに向かう」

マークは隊員たちにそう伝えると、馬の手綱《たづな》を引いて歩き出した。

だが内心は穏やかではなかった。

ヒースクリフが反逆の罪を犯したなど、マークには到底信じられなかった。

反逆というからには国王アドルフに剣を向けたことになる。

もしヒースクリフにその気があったならば、反逆は既に……レオンがあらぬ罪を着せられたあの日に起こったはずである。

いや、そうではなくとも、ヒースクリフが自分に何の知らせもせずにそんな強行手段に出るとは思えなかった。

あの日、ヒースクリフは正面から戦う道を選んだのだ。

そのための苦労も努力もマークは知っている。これは絶対に何者かの策略であると断言できる。

そして、ヒースクリフを救い出すには自分の力が必要なのだ。だから、早く王都に着かなければならないと焦っていた。

商業都市リーンを目指す途中、マークは上空を飛ぶ一人の魔女に気がついた。

視界の悪い中その存在に気がつけたのは、彼女の魔力を感じ取ったからである。

マークは行軍を止めると、空に向かって炎の魔法を三度打ち上げた。

炎は雨にかき消されてすぐに消えたが、その魔女に居場所を知らせるのには十分だった。

魔女は空中で旋回《せんかい》して、それからマークの目の前に降り立つ。

「ルイズ……」

「酷い顔ね、マーク」

魔女の正体はルイズだった。北方の領地でマークと同じように知らせを受け取り、そこから「飛行」魔法で王都を目指して飛んできたのである。

ルイズの顔にも明らかな焦燥《しょうそう》と疲労が浮かんでいたが、彼女はそれでも強がって笑った。

「ルイズ、ヒースクリフが……」

「わかってるわ。私のところにはこれが届いた」

ルイズがマークに差し出したのは、魔法具を使って届けられたオードからの手紙だった。

その手紙にはマークが受けた知らせと同じように、ヒースクリフが反逆の罪で捕まったことと、商業都市リーンで待っているということが、オードの文字で綴られていた。

「オードがリーンに？」

「ええ、急ぎましょう」

ルイズに促され、マークは隊員たちに自分の馬の手綱を任せた。

「お前たちはゆっくりリーンに向かってくれ。あとで合流しよう」

マークのその言葉に隊員たちは頷く。

「夜通しの行軍で隊長の体力も落ちています。どうか無理はなさらないでください」

そう言ったのは隊の中で唯一の魔女だった。

マークは頷き、ルイズと共に「飛行」でリーンを目指した。

商業都市リーンは普段の賑やかさが完全になくなり、何かを警戒するような不自然なほどの静けさに包まれていた。

道行く人々の表情はリーンの住人であれ、旅の商人であれ、誰も彼も不安そうだった。

「マーク、こっちよ」

ルイズに連れられてマークは裏路地に入り、小さな店に足を踏み入れる。

そこは手紙でオードに指定された店だった。

それが罠《わな》である可能性を考え、マークもルイズも警戒していた。剣と本に手をかけて、いつでも魔法を発動させられるようにする。

店内は暗く、店員の姿もない。

店の奥に一つだけ人の影が見えた。

「オード……か？」

黒いフードを被ったその人影にマークは語りかけた。

ルイズは扉の前に置いてあったランプに火を灯し、それで店内を照らす。

紛れもなく、そこにいるのはオードであった。

「やぁ、二人とも……来てくれたんだね」

ただ、その顔は憔悴《しょうすい》しきっていた。顔色は悪く、目の下にはくまもできている。その様子は彼がどれほど疲弊《ひへい》しているのかを物語っていた。

「一体何があったんだ、オード……」

マークが詰め寄るとオードは顔を伏せる。

その肩はかすかに震えていて、泣いているようだった。

「ごめん……ごめん二人とも……僕はヒースクリフを……守れなかった」

オードは王都で何が起こったのかを、ぽつりぽつりと語り出した。

◇

その日は国王アドルフの退任を祝うパーティーが王宮で開かれていた。

第一王子派閥も第二王子派閥も集まり、アーサーとヒースクリフの姿もあった。

パーティーの参加者ではないが、ヒースクリフの護衛としてダレンがいて、末席とはいえ第二王子派閥としてヒースクリフが最も信頼を置くオードも出席していた。

今にして思えば、初めからおかしかったのだとオードは言う。

国王アドルフはずっと虚《うつろ》な目をしていて、一言も話さず、側にいたアーサーが全てを仕切っていた。

パーティーが進んだところでアーサーがこんなことを言い出した。

「さて、お集まりの諸君。今日は来てくれてありがとう。君たちの参加は国王への忠義の表れだ。我が父に代わり礼を言おう」

まるで次の国王は自分だと言わんばかりにその場を仕切るアーサーに、憤慨した第二王子派閥の貴族は少なからずいただろう。

しかし、それを表立って口にできる貴族はその場にはいなかった。

アーサーは予想していた反応と違ったのか、それとも予想通りの上で失望したとでも言いたいのか、これ見よがしに大きなため息を吐くと、アドルフの方を振り向いた。

「父上、我が弟の配下たる者たちは私に文句も言えない腑《ふ》抜《ぬ》けのようですぞ。どうです？　これを機に選任の儀式など待たず、今この場で私を次の国王にすると宣言なさっては？」

この発言にはさすがに一部の貴族たちが黙っていなかった。

会場はざわつき、その貴族たちの意見を統《す》べる者としてヒースクリフが前に出た。

「兄上、お戯《たわむ》れがすぎます。選任の儀式は教会と国とで定めた神聖なもの。このような酒の席で決めるべきものではありません」

ヒースクリフがこうして出てくることをアーサーは見越していたらしい。

「ハッ？　『このような』だと？　父上の退任の祝いを愚弄《ぐろう》する気か、弟よ」

アーサーはヒースクリフの揚げ足を取ろうとする。

ヒースクリフも負けてはいない。アーサーのこういったやり方に慣れていた彼は、その煽りを受け流した。

しかし、その後に続いたアーサーの言葉にヒースクリフは驚きを隠せなかった。

「そういえば、お前の親友は元気か？　レオン・ハートフィリアとかいう元貴族の成れの果てさ」

その瞬間、会場の窓が割れ、黒いローブを身に纏った魔法使いたちが雪崩《なだれ》れ込んできた。

響く悲鳴。ダレンは剣を抜いたが、一歩遅かった。

魔法でその剣を弾かれ、杖を喉元に突きつけられる。

ヒースクリフは後ろ手に腕を捻《ひね》りあげられ、その顔をテーブルに押さえつけられた。

反発する第二王子派閥の貴族は少なかった。ヒースクリフを助けようとした者はごくわずかで、多くは一瞬のうちに手のひらを返して事態を静観した。

オードは杖を抜き反撃しようとしたが間に合わず、喉元に杖を突きつけられて動けずにいた。

「聞け、皆の者。我が弟は国王の命に逆らい悪魔の末裔を逃がしたばかりか、それを討ち取ったと虚言《きょげん》を吐き、自らが英雄であるフリをしたのだ。これが国家への反逆でなくて何とする」

アーサーが声高らかに叫ぶと、示し合わせたように悲鳴が上がる。

第一王子派閥の人間からだ。

茶番だった。情報を流したのは第二王子派閥のうちの誰か。それも、ヒースクリフとレオンの関係を知る誰かだ。

反抗しない第二王子派閥の者たちも我関せずと知らぬふりをしている。

アーサーが声を上げた瞬間から、すっかり第一王子派閥であるかのような顔をしている。

「おのれ……」

オードの中に怒りの感情が湧いた。まさか仲間の貴族がここまで汚いことを平気でやるとは思ってもいなかった。

愛想《あいそ》が尽きたオードは躊躇《ためら》うことなく杖を抜いた。

「ヒースクリフを放せ、下衆《げす》な王子め！」

オードの杖から閃光《せんこう》が放たれる。虚を突かれたアーサーは明らかに焦った顔をしたが、彼の前に立ちはだかり、ローブを翻《ひるがえ》して魔法を防いだ者がいた。

黒いフードに仮面。顔は見えない。

しかし明らかに手練《てだ》れ。

仮面の魔法使いはさっと杖を振り、オードに魔法をけしかけた。

見えない空気の壁に押し出されるように飛ばされ、オードは窓を破って外に出る。

「クソッ、あの馬鹿も一緒に牢屋に入れておけ」

会場のアーサーの声を聞きながら、オードは這うようにして立ち上がった。

そして何とか王宮を逃げ出したのだった。

◇

「地下通路を偶然見つけられなかったら、きっと僕は捕まっていただろうね」

命からがら王宮から逃げ出したオードはそのまま地下通路を通って王都の外へ。身を隠しながらリーンまでたどり着き、急ぎルイズに手紙を送ったのだという。

「ヒースクリフもダレンも捕まった。それにあの仮面の魔法使いは恐ろしく強いと思う。正直もう、僕にはどうしていいのかわからない」

傷が痛むのか右肩を押さえながらオードは言った。

「ローニン団長は？」

話を聞いていたマークは、その話には出てこなかった魔法騎士団の団長の名前をあげる。

オードは首を横に振った。

「ヒースクリフの指示で西の辺境の村に行っている。手紙は出したけど無事に届いたかどうか……」

三人の間に沈黙が流れる。

このままではヒースクリフは反逆者として裁かれるだろう。

それはわかっているのだが、どうするべきか結論は出ない。

やがて、意を決したようにマークが立ち上がった。

「呼ぶしかない」

その言葉にルイズとオードは顔を見合わせる。

「レオンを呼ぶしかない」

マークは確かにそう言った。

◇

三年の月日が流れ、レオンは大きく成長した。

アルガンドという特殊で過酷な環境にも慣れ、三人の精霊たちの力で魔法も満足に使えるようになった。

朝は魔法の勉強を、昼には狩りを、夕方には魔法を使わない訓練を、といった日常はレオンの体を鍛《きた》えさせ、その精神を成長させ、そしてアルガンド国民の信頼まで得ていた。

そんなレオンはといえば、今まさに四人目の精霊、水の精霊ウンディーヌの試練の真っ最中であった。

「甘いわ小僧！」

水が人の姿を模したウンディーヌはレオンに魔法で攻撃を仕掛け、レオンが炎で反撃するとそんなことを言って追撃してきた。

ウンディーヌの精霊結界は大きな滝と流れの速い川がある場所だった。

レオンの炎魔法はその威力も範囲も大きく成長し、大抵の水であれば一瞬で蒸発させられる力を持つ。

しかし、この水の精霊には全く効果がないようで、蒸発した先から水分を補充して回復している。

さらには、滝や川の水をも己の体に巻き込み、巨大化し始める。

「あの、ちょっとずるくない？」

環境を最大限に活かしたウンディーヌの戦い方にレオンは文句を言うが、手を抜いてくれる気はないようだった。

水流が槍となってレオンに降り注ぐ。

「ああ、もうわかったよ！　テト！」

それを回避しながらレオンが呼びかけると、レオンの影から黒猫が一匹飛び出した。

エレノアの使い魔である影のモゾを真似てレオンが作った使い魔——テトである。

テトはレオンの意図を汲んでその姿を二本の剣に変化させる。

それを掴んだレオンは足に魔力を溜めて、降り注ぐ水流の側面を駆け上った。

魔力で足を水に吸着させているのだ。

「ほう、面白い」

ウンディーヌがニヤリと笑った。いや、笑ったような気がした。

駆け上ったレオンは踏み切って、空中に飛んだ。そしてそのまま身を翻し、ウンディーヌの背後から斬りつけた。

ザバッという音と共にウンディーヌの体は確かに斬られた。しかし、レオンには何の手応えもない。

「やっぱり物理攻撃は効かないよな」

そう呟くレオンの背後から水が鞭《むち》のように迫りくる。

それを見ることもせずに上空にジャンプしてかわすと、テトを元の黒猫の姿に戻した。

「テト、悪いけど時間稼ぎよろしく」

レオンの言葉にテトは了承の意味で「にゃあ」と鳴く。

それから絶えず降りかかる水流の槍をテトは右に左にと飛び回って回避して、レオンに水流が届きそうになるとその水流を後ろ脚で蹴り上げて霧散させる。

「むむ、ちょこざいな黒猫だ！　ハッハッハ！」

ウンディーヌは楽しそうに言うと、標的をレオンからテトへ移し、水流を手足のように操ってテトを追いかけ回す。

その間にレオンは川の中の岩に飛び乗って、右手に魔力を集中させる。

アルガンドの魔法の本の中にこんな記述があった。

それは呪文に関する本である。

呪文は大昔、人がまだ魔法に不慣れな時代によく使われていたらしいが、今の時代には不要とされているものだ。

事実、王国の学院でも呪文について学ぶことはなかった。

しかし、アルガンドの文献では少々違った。

曰く、「呪文は想像力を育み、常に一定の魔力放出量を確保するための技術である」とあったのだ。

魔法使いの魔法の質はイメージによるところが大きい。そして、そのイメージというのは非常に不確かなもので、常に同じようにはどうしたってできない。

しかし、呪文を唱えることでその呪文とイメージを関連づけて脳に覚えさせ、呪文を唱えれば常に一定の質の魔法を発動することができるようになるという。

呪文というのは人によって様々で、自分の魔法をイメージしやすい言葉ならば何でもいいそうだ。

「我が体に宿りし悪魔エレノアよ。そなたの力を我に貸し与えよ。我の前に立ちはだかる敵を打ち破る力を我に与えよ」

レオンは呪文としてその言葉を使うようになった。

実際にエレノアから力を借りられるわけではない。彼は既にレオンと融合して一つになっているのだから。

しかし、その言葉を口にすると、エレノアが本当に力を貸してくれるような気がするのだ。

何でもできるような気になれるのだ。

レオンの右手に集中した魔力は極大化し、宙に出現する。

巨大な火の塊である。ただの炎ではなく、球体となった炎の中でさらに炎が何層にも重なって燃えている。

「ハハッ！　小僧、学ばないやつだな。我に火は効かぬ」

ウンディーヌはその炎を認識すると、滝や川から多くの水を集めた。

水の球体と炎の球体。両者がぶつかり合う。

激しい轟音と水飛沫《みずしぶき》。

両者の魔法がぶつかった途端に爆発したのだ。

それで勝敗は決した。

白い煙《けむり》の中で立っていたのはレオンである。

その足元にはテトが擦《す》り寄っている。

レオンの目の前で倒れたウンディーヌは苦しそうにもがいていた。

「ぬ、ぐ……ぐふぅ。危ない、死ぬところだった。よもや我がここまで追い込まれるとは」

ウンディーヌの精霊結界が解かれ、アルガンドの町が目の前に現れる。

そういえば買い物の途中だったと、レオンはようやく思い出した。

「ほれ、小僧。我が力をやろう」

ウンディーヌの光る玉は青だった。

彼はそれをレオンの胸に押し込む。

前の三人の精霊の魔力で悪魔たちは完全に抑え込めていたが、ウンディーヌのこの魔力はそれに保険をかけるものらしい。

「ただし、これはあくまでも応急処置だ。お前の中にまだ悪魔の魂がいるというのに変わりはない。そのこと、忘れるなよ」

ウンディーヌにそう忠告されて、レオンは頷いた。

「いやはや全く、久しぶりの楽しい戦いであった。また会おう小僧」

ウンディーヌは愉快そうに笑うと、空の彼方へ飛んでいった。

相変わらず精霊というのは何を考えているのかわからない、とレオンが苦笑していると……

「レオン殿！」

人混みをかき分けてこちらにやってくる者の姿があった。

ナッシャである。

「もう、祝い用の羽根飾りを買いに行くのにどれだけ時間がかかっているのですか」

息を切らしながら頬を膨《ふく》らませるナッシャに、レオンは買い物の途中で水の精霊の試練を受けたことを説明した。

「何と、そうでしたか。つまり、これで四人の守人様全員から認められたということですね」

嬉しそうに語るナッシャ。しかし、レオンはいまだにその実感を得られずにいた。

最後の水の精霊、ウンディーヌの試練は苛烈《かれつ》な戦いだったと言えるが、それ以外は小手試しされているような感覚だった。

ディアンティーヌの時など一緒にお茶を飲んだだけだ。

それでもまるで自分のことのように喜んでくれるナッシャを見ていると、不思議と嬉しい気持ちになった。

「お祝い事が一つ増えましたね」

ナッシャがそう言い、レオンは先程買った祝い用の羽根飾りを見つめた。

今日はナッシャの妹ナシェンの誕生日なのだそうだ。

家族で揃ってお祝いするそうで、レオンも誘われている。

「家族水入らずのところに僕が割り込むわけには」

とレオンは最初遠慮したのだが、

「ナッシャの命の恩人で、ナシェンも日頃からお世話になっている。遠慮することはない」

と彼女たちの両親に言われて了承した。

ナッシャに手を引かれて彼女の自宅に向かうと、そこは砦のすぐ近くの岩小屋だった。

十二人の賢者の一人なのだからさぞ大きなお屋敷なのだろうとレオンは思っていたが、そうではないらしい。

「賢者というのは非魔法使いを守る者のことです。その賢者が富を築くことに現《うつつ》を抜かしていては守るものも守れませんよ」

そう言って笑うナッシャを見て、レオンは何とも耳が痛いような思いだった。

ナッシャの家の扉を開けると、彼女の両親が慌ただしくお祝いの準備をしている途中だった。

母親は忙しそうに料理を作り、父親は家の中を飾っている。

その真ん中で椅子にちょこんと座っているのはナシェンだった。

どうやら少しばかり緊張しているようで、表情は少し硬い。

「誕生日を迎えた者は子供であってもその祝いの準備をしてはいけない」というのがアルガンドの伝統だそうで、彼女は手持ち無沙汰《ぶさた》のようだ。

反対に「誕生日ではない者はたとえ客人であっても祝いの準備をするべし」という伝統もあるらしく、レオンは祝いの準備を手伝わされた。

半《なか》ば強制とはいえ、レオンはアルガンドの風習を守るつもりだったし、何よりも準備をするのは楽しかった。

準備が終わると食卓には豪勢な料理が並んだ。

得体の知れない魔法生物の肉にはレオンはもう慣れた。

その他にもライバクをスープで煮た例のナシェンのお気に入りや、ライバクと果実を混ぜ合わせて作った菓子類なども並んでいる。

それぞれが酒の注がれたグラスを手に取り、打ち鳴らす。

「「ナシェン、十五歳の誕生日おめでとう!」」

「ありがとー!」

そのせりふに驚いたのはレオンだけだった。

十五歳……てっきりナシェンはマルクスと同じくらいの年齢か、それよりも下だとばかり思っていたのだ。

「どうしました？　レオン様」

驚くレオンを不思議に思ってナシェンが顔を覗き込む。

レオンは、

「あ、いや……」

とお茶を濁《にご》そうとした。しかし――

「ナシェンがあまりにも幼いから、きっともっと歳下だと思っていたのよ」

ナッシャが横やりを入れ、レオンは困り果ててしまった。

結局、涙目で悲しそうな顔をするナシェンに「ごめんね……」と謝るハメになった。泣き出したナシェンはレオンの袖を引っ張り始め、ナッシャたちは笑っていて、非常に騒がしい。

騒がしいが、心が温かくなる一幕だった。


祝いの席は盛り上がり、ナシェンは疲れ果ててレオンの膝の上でスースーと寝息を立て始めた。

どうしたものかと困るレオンを見て、ナッシャがくすくすと笑う。

そんな時だった。

楽しい雰囲気を壊してしまう、一通の封筒がレオンのもとに飛んできたのだ。

その封筒は扉の下を潜《くぐ》って部屋の中に入ってくると、レオンの目の前でポトリと落ちた。

「何だ、魔法か？　いや、魔法具かな」

酒に酔ったナッシャの父親が興味津々に覗き込もうとするが、母親とナッシャに止められる。

レオンの表情が強張ったのを察したからだ。

送り主はマークだった。

「もう手紙は出さないって言ってたのに……どうして」

嫌な予感がした。

言ったことを簡単に覆《くつがえ》すほど、マークは軽薄な男ではない。

手紙の内容は前回のように近況を報告するものではないと、レオンは察した。

そして、そういった予感は大抵当たるのである。

おそるおそる封筒を開ける。

手紙に目を通すと、レオンは目を見開いた。

「レオン殿……？」

心配そうにナッシャが覗き込む。

手紙には王都で起こったことの一部始終が書かれていた。

レオンはナシェンの頭をそっと膝から下ろすと、スッと立ち上がり扉を出て走り出した。

「レオン殿！」

後方でナッシャが叫ぶのが聞こえた。

しかし、止まるつもりはなかった。

真っ直ぐ砦に行き、三階まで駆け上がると自室の扉を勢いよく開ける。

ローブを着て、目に入ったものを手当たり次第鞄《かばん》に入れていく。

それからレオンは杖を取って部屋を出た。

階段を下り、砦の外に向かう。

すれ違った使用人たちが不思議そうにレオンを見ていたが、気にしている余裕はなかった。

砦の外に出るとレオンは「飛行」の魔法を使った。

ふわりと体が浮き上がり、一直線に空を駆ける。

一瞬頭の中をシュトルム渓谷にいる紅竜の姿がよぎった。

「構わない、追いつけないくらいの速さで飛んでやる」

本気でそう思った。

レオンがアルガンドの国を出ようとした時、目の前に光が走った。その光はレオンの目の前でバチッと音を立てて弾ける。

魔法が下から放たれたことに気がついて、レオンは町を見下ろした。杖である手袋をつけ、手のひらをレオンに向けるカールがいた。

「止まれ、レオン。その先は結界だ。女王陛下の許可なく外に出ることはできない」

カールは珍しく真面目な顔だった。

レオンの目の前で弾けた閃光は、カールの放った魔法が結界にぶつかってできたものだった。

あのままレオンが突き進んでいれば結界にぶつかり、その身を消えない炎が燃やしていただろう。

偶然出会ったナッシャからレオンの様子がおかしいと聞いたカールは嫌な予感がして、あとを追ってきたのだ。

「僕は……僕は行かなきゃいけないんだ！　友達が困ってる……助けてって、僕を必要としてる！」

レオンはそう言って結界に向けて炎の魔法を放つ。

しかし、結界はバチバチと音を立てるだけで壊れる様子はない。

それを見たカールはため息を吐き、「飛行」魔法でレオンのところまで上がってくる。

「だから言ってんだろ、通れねぇよ。この結界は十二人の賢者と女王陛下が作り上げたものだ。並大抵の魔法じゃ壊れないし、壊されちゃ困る」

結界は獰猛な魔法生物から国を守るためのものだ。一度壊されれば修復には時間がかかり、その間国は無防備な状態になってしまう。

そこまで言われて、無理やり結界を壊すことはレオンにはできなかった。

「それなら……」

レオンはカールの横をすり抜けて国の正門を目指す。

そこからなら結界は関係なく外に出られると、日常的に狩りに出ていたレオンは知っていた。

「ハァ……ったくよぉ」

カールはもう一度ため息を吐くと、再び杖をレオンに向けた。

「公平たる我が魂の守人よ。汝《なんじ》の力を以《もっ》て我に彼《か》の者を捕らえる術を与えよ」

カールの呪文だった。

手のひらから放たれた光の粒子《りゅうし》が一瞬にしてレオンにたどり着き、実体となってレオンを捕らえる。

「おい、聞けレオン……誰も『行くな』なんて言ってねぇんだよ。勝手なことをするなって言ってんだ。お前はこの国の客人で、大事な人間だ。この国を出ていくなら女王陛下にちゃんと説明してからにしろ」

カールはそう言ってレオンの頭を軽く叩いた。

レオンはそれでもなお魔法から逃れようともがくが、どうやっても拘束を解くことはできなかった。

そのままカールはレオンを砦に連れていく。

そして、レオンを砦の地下にある牢屋《ろうや》に幽閉《ゆうへい》したのだった。

帰郷編

Botsuraku shita kizokuke ni hirowareta node
ongaeshide hukkou sasemasu

アルガンドの砦の地下にある牢屋は酷く寒い。

岩は外の空気をそのまま伝えるかのように冷たいし、暖房装置などはない。

牢屋に入れられてたったの数時間だというのに、レオンの体は冷え切っていた。

しかし、それでよかったとレオンは思う。

物理的に冷やされたことで頭に上っていた血が引き、幾分か冷静になれたからだ。

牢屋の扉が開き、男が入ってくる。カールだ。

「おい、少しは落ち着いたか？」

優しい口調で聞くカールにレオンは頷く。

「そうか」

そう言ってカールは牢屋の扉の鍵《かぎ》を開けた。

「ついてこい」

レオンは手渡された厚手のローブを着込むと、何も言わずにカールに従った。

案内されたのは謁見の間。前回訪れた時と同じく、女王シェードと賢者たちが座っていた。

前回と違うのは前は空席だったところにナッシャが座っていることだ。

レオンが顔を上げるとナッシャと目が合った。彼女は心配そうな顔でレオンを見ている。

カールが空いている賢者の席に座ると、シェードが顔を上げた。

「レオン、結界を破り国外に出ようとしたそうだな」

シェードの声が謁見の間に響く。

怒っているのか、それともただ聞いただけか。

「わかっているだろう？　お前は客人だ。国内での自由は認めているが、お前の身元は私が保証している。私は勝手に国外に出ることは許していない」

シェードの追及にレオンは無言だった。

何と言っていいのかわからない。

どうすれば説得できるのかと思考を巡らせている。

シェードは懐《ふところ》から一枚の紙切れを取り出した。

先程レオンに届いた手紙だった。

ナッシャの家に置いてきてしまったものを、ナッシャが女王に渡したらしい。

「原因はこれか。『レオン、ヒースクリフが反逆罪で捕まった。お前の助けがいる。どうか、王都に戻ってきてくれ』。白々《しらじら》しいな」

シェードは手紙の数行を声に出して読み上げると、馬鹿にしたように鼻で笑った。

「この差出人はお前の友人か？　手紙に書いてあるヒースクリフというのは王子の名前だな。はて、確か私の記憶では、この者らはお前を国に帰すために現国王と争っているのではなかったか？」

それは、この国に来た時にレオンがシェードに伝えた内容だった。

「お前を助けるために頑張ると言っておいて、形勢が悪くなったら助けてくれ……か。虫の良い話だとは思わんか？」

シェードは手紙の内容が気に食わない様子だった。

あえてレオンを煽るように話を進め、反応を見る。

「それで、行くのか？」

「行きます」

シェードの問いにレオンは即答した。

そこには迷いが全くなかった。

「何故だ」

「友達だからです」

「答えになっていないな」

呆れたように言うシェード。レオンは拳を握りしめた。

こんなことをしている暇はない。早く王都に駆けつけなければならないのだ。

「行かせてください」

「行ってどうなる？　お前一人で王国の魔法使い全員を相手にするのか？」

そう問われてレオンは口ごもった。

行ってマークたちと合流できれば何とかできると思っていた。しかし、それ以上の具体的なプランはない。

「友達だから……と言ったが、その友達はお前に頼りすぎているのではないか？　お前を救うと宣言しておきながら、分《ぶ》が悪くなるとすぐにお前を頼る。お前は良いように使われているだけじゃないのか？」

「違う！」

シェードの追及にレオンは声を荒《あら》らげた。

そこには普段彼が見せることのない怒りの感情が露《あら》わになっている。

「……マークたちは僕を助けると言ってくれた。それがすごく嬉しかった。マークたちが途中でそれを諦めてしまっても、その事実に変わりはない。でも、困難な状況になっても彼らは諦めずに僕を頼ってくれた。それも嬉しいんだ。皆が僕を救いたいと言ってくれたように、僕だって皆のことを救いたいんだ」

ぴりぴりとした緊張感を、その場にいた全員が感じていた。

感情の昂りでレオンの魔力が膨《ふく》れ上がっている。

これ以上彼の精神を逆撫《さかな》ですればその魔力は爆発し、謁見の間を破壊するだろう。

ただ一人、シェードだけはその魔力を前にしても怯まなかった。

「どんなに吠《ほ》えようが、お前が客人であることに変わりはない。そして、客人である限り国から出すかどうかは私が決めることだ」

アルガンドを囲む結界の外に出るには女王の許可がいるという。唯一の出入り口である正門もシェードが許可しなければレオンは通れないだろう。

「私の答えははじめから決まっている。行かせない。一人ではな」

シェードの言葉で、昂っていたレオンの魔力が落ち着いた。

呆気《あっけ》に取られた表情で、女王の言葉を反芻《はんすう》している。

シェードがあえてレオンを焚《た》きつけたのは、レオンの真意と、レオンと彼に手紙を出した者との関係を探るためである。

シェードはこれでもレオンのことを高く評価している。だから不当な罪で彼が国外に逃げるしかない状況を作った王国に憤慨していた。

そして、ナッシャからレオンに届いた手紙を預かった時にシェードが思ったのは、彼女が先程口にした通り、「レオンはいいように利用されているだけではないか？」という考えだった。

レオンがアルガンドに来て三年。

女王シェードから見たレオン・ハートフィリアという青年は才能に溢れ、頭も悪くなく極めて優秀。それでいて超がつくほどのお人よし。王国の友人を名乗る者たちに騙されて、使い勝手のいい道具にされているのではないかと心配したのだった。

しかし、レオンの反応でその心配が誤解だったことに気がついた。

あれほど感情を露わにして怒るレオンを見るのは初めてだった。

「ナッシャ、カール。女王シェードの名において、我が国の客人であるレオン・ハートフィリアにできうる限りの協力をせよ」

シェードがそう命じると、ナッシャとカールは席を立つ。そして、胸に手を当て口を揃えてこう言った。

「「その任、しかと拝命いたしました」」

◇

「二人ともごめん。勝手なことをして」

砦の廊下を歩きながらレオンは謝罪し、その後ろを歩くナッシャとカールは苦笑した。

「あんなに必死なレオン初めて見たぜ。俺はてっきり、本当にお前が結界を壊すつもりなのかと思ったぜ」

女王シェードははじめからレオンの態度次第で帰国に協力するつもりだったのだと、カールとナッシャから聞いた。

「はは、ごめん」

レオンがバツが悪そうに謝ると、カールは笑いながら、

「こいつなんてよ、『レオン殿が死んでしまう！』なんて涙目で言ってたんだぜ。泣いてて説明が要領を得ないし、本当に焦ったわ」

とナッシャをからかう。ナッシャは顔を真っ赤にして、

「な、泣いてませんよ」

と否定した。

緊迫した状況だというのに、レオンは何だかおかしかった。

張り詰めていた心がスッと軽くなったような思いだ。

「でもさっきの話、本当なの？」

レオンが聞くと、カールは急に真面目な顔になって頷く。

「ああ」

謁見の間での話はあれで終わりではなかった。

レオンの話の後、シェードはレオンにアルガンドとシュトルム渓谷、それから守人の秘密を明かした。

「シュトルム渓谷の地下には、精霊界への出入り口がある」

その言葉をすんなり信じるのは難しかったが、彼女は大真面目だった。

シュトルム渓谷の地下、「守人の抜け道」と呼ばれる横穴よりもさらに深いところに大きな亀裂《きれつ》があり、そこが精霊界への入り口となっているのだそうだ。

「これを見よ」

シェードは自らの胸に手を当てて、何かをつまむように取り出す。そこには、赤色に光る玉のようなものがあった。

「見覚えはあるか？」

そう聞かれ、レオンは頷く。

イグニス、シルフィーネ、ディアンティーヌ、ウンディーヌ。四人の精霊たちから授かった魔力の結晶とよく似ていた。

「我々アルガンド人は、遠い昔に精霊と契約を交わし、守人である精霊と共に入り口を守る守護者となったのだ」

シェードの話ではその契約の証《あかし》として、アルガンドで生まれ、魔法の才能があるとわかった者は精霊からその魂の欠片《かけら》をもらうのだそうだ。

それが、光る玉の正体だった。

その玉と共に育ったアルガンドの魔法使いたちは魔力が強化されるだけではなく、精霊の魔力で発動する魔法「精霊魔法」を使えるようになるのだという。

精霊界への入り口と精霊との契約。

その二つが、アルガンドが今もなお鎖国を続けている理由だそうだ。

「そんな大事なことを僕に話してしまってよかったんですか？」

そう尋ねたレオンにシェードは答える。

「問題ない。お前は我らの崇拝するファ・ラエイルと繋がりがあり、なおかつ四人の精霊から認められた稀有《けう》な存在だ。もうお前はこの国で英雄と呼ばれる立場にある」

シェードの言葉を聞いて、レオンは苦笑いするしかなかった。

「精霊界への入り口なんて実際見たことはないし、アルガンドの人間でも向こう側に行くことはできないからな。あまり気にすんな」

廊下を歩くカールがそう言った。

精霊界というのはとても神聖な場所で、本来は精霊しか行くことができないそうだ。

「まあ、四人の守人様から力を託されてるお前なら、いつの日か行けるかもしれないけどな」

冗談か本気かわからないカールの言葉に、レオンは苦笑いした。

そのまま廊下を進んでいると、三人が目的とする場所に着いた。

そこは砦の中庭で、レオンはあまり訪れたことがなかったが、今日はそこそこの人で賑わっている。

集まっているのはアルガンドの魔法具師たちだった。

「えー、商業都市リーンの方角は……」

「距離これで合ってるか？　間違えるとえらいことになるぞ」

何やら楽しそうに話しながら作業している。

彼らがいじっている魔法具にレオンは見覚えがあった。

アルガンドからシュトルム渓谷に向かう際、崖を渡るのに使う大型の魔法具、魔導空船である。

レオンが知っている大人数が乗れるものとは違い、だいぶ小さいが、見た目は確かに魔導空船である。

「カール、これは？」

レオンが尋ねると、カールは得意げに語り出す。

「いいか、レオン。ここからお前が行きたい王国の商業都市リーンまで、徒歩や馬車を使えば数ヶ月はかかる。魔法使いなら『飛行』を使えば一週間。めちゃくちゃ頑張れば五日で行けるかもしれない。ここまでは何となくわかるな？」

カールの問いにレオンは頷く。

五日というのは多少無理があるかもしれないが、休憩を挟みつつ一日中飛べれば、一週間というのは妥当《だとう》だろう。

「しかし、だ。それでは魔力を使い切ってしまい、着いた頃にはヘロヘロだ。王子を助けようとしても魔法は使えず、やられるだけ。わかるな？」

説明を始めてから何故か少しばかりテンションが高いカールだが、レオンは何とかそれについていく。

「そこで登場するのが、アルガンドの魔法具師たちの技術の粋《すい》を集めて作られた最高傑作！　魔導空船……の失敗作だ」

「失敗作？」

鼻高々と語っていたのに、それに似合わない単語が出てきてレオンは戸惑う。

だが、カールはそんなことはお構いなしに話を進めた。

「実はな、昔シュトルム渓谷を越えて他国に出たいと考える魔法使いがいたんだ。ところがそいつの前には巨大な壁が立ちはだかった。紅竜さ。『飛行』で飛び越そうにも追いつかれる。守人の抜け道は時間がかかってめんどくせぇ……そこでそいつは考えた。紅竜より速く飛べる魔法具を作っちまえばいいんじゃないかってな」

まるで自分のことのようにカールは語る。

彼によれば、その考えのもとで作られたのが今レオンの目の前にある魔法具らしい。

魔石に魔力を充填《じゅうてん》し、それを一気に解放することで紅竜を凌《しの》ぐ速度を出せるそうだ。

「ただ、こいつは魔力を一瞬で空《から》にしてしまうほどの大喰らいでな。しかも速さを追求した結果、操作はできず、真っ直ぐにしか飛べない」

そこの部分だけ恥ずかしそうにカールは言った。

作られたものの、運用テストを一回しただけでお蔵入りになってしまったらしい。

その失敗作を元に実用性を考えて作られたのが、今の魔導空船である。

「そういえば、子供の頃聞いたことがあります。カール様が他国の歓楽街《かんらくがい》に遊びに行きたくて魔法具を作り、失敗してシュトルムの岩山に突っ込み大怪我をした、と」

カールが得意げに話していると、ナッシャが思い出したように言った。

突然黙り込み、耳まで真っ赤にしているカールの様子を見ると本当のことなのだろう。

「とにかく、こいつを使えばなんと王国までたったの三日で着く計算だ！　すげぇだろ」

自信を取り戻すように声を大きくしてそう言うカールだったが、レオンには一つ気になるところがあった。

「魔力をすごく消費するって言ってたよね？　魔石にどんなに充填したとしても三日も魔力が持つの？」

カールは得意げに笑う。

その点もしっかりと考えているようだ。

「そりゃあ、もちろん。彼らに協力してもらうのさ」

カールが指差す方向を見ると、そこにはアルガンドの賢者たち、ナッシャとカールをのぞいた十人の魔法使いがいた。

「彼らが魔石に限界まで魔力を充填する。そうすればギリギリ三日間は飛び続けられる計算だ」

カールはさも当然のように言い、賢者たちも協力することに異存はないようだった。

「ただ、悪いが魔力の補充にはまだまだ時間がかかる。彼らは寝ずに充填してくれるが、それでも出発できるのは明日の朝だな」

補充と道中の日数を加算しても都合四日。歩いたり、「飛行」で飛んだりするよりも随分と早い。

レオンはそこまでしてくれるアルガンドの人々の善意に心を打たれて、目をわずかに潤ませながら深く感謝した。

「そうと決まれば、お前は今日は早く休め。明日は早いぞ」

「でも……」

カールにそう言われたが、レオンは躊躇《ちゅうちょ》した。アルガンドの賢者たちはこれから寝ずに魔力を充填してくれるのだ。それも、余所者であるレオンのために。

そんな中、一人だけ悠々と休むことには抵抗があった。

「いいか、レオン。他国のお前にはわからないかもしれないが、俺たちアルガンド人にとって、守人様に認められたっていうのは大きな価値がある。そんなお前に協力したいって思うのは当然のことなんだよ」

カールの言葉を聞いても、レオンの迷いは完全には消えなかった。それを見透《みす》かしたカールはさらに続ける。

「それにな、結局のところ、賢者たちにできるのは魔力の補充までなんだ。お前の国の問題に俺たちは表立って協力できない。国同士の面倒くさい問題があるからな。それを片付けられるのはお前だけだ。だから、今はしっかり休めって言ってるんだよ。自分の国と、そこで待つ友人たちのために」

そこまで言われてようやくレオンは了承した。

アルガンドの人たちに優しくしてもらうことに申し訳なさを感じていた。しかし、故郷でレオンを待っているマークたちがいる。今は彼らの優しさに甘えることが大事だと思えた。

レオンは自室に戻り、いつもより早くベッドに入るのだった。

◇

まだ日も出ていないうちにレオンは目を覚ました。

自室には静寂と闇が漂《ただよ》っている。

カールの話では、魔石への魔力補充が終わるのは日の出の頃だろうということだった。

レオンは自室の窓を開けて外を眺める。冷たい風が部屋の中に流れ込む。

見下ろしたアルガンドの町に火は灯っておらず、空も随分と暗い。日の出にはまだ時間がありそうだ。

何故こんなに早く目責めてしまったのか。いつもより早めに休んだとはいえ、それにしても早すぎる。

「体をしっかり休めろ」というカールの言葉を思い出し、レオンは窓を閉めてもう一度ベッドに潜《もぐ》り込んだ。

そっと目を閉じるが、再び眠ることはできなかった。

寝よう寝ようとするたびに何故か眠れなくなる。いつもならば夜中に目覚めることも、眠れないなんてこともないのに。

レオンは少し考えてからベッドを出て、厚手のローブを着る。眠くなるまでの間、少しばかり外を散歩しようと思ったのだ。

自室の扉を開けると広い廊下がある。石造の床は冷たさを感じさせるが、壁に等間隔に取りつけられた松明には温かみがある。

アルガンドに来てからおよそ三年が経つ。最初の頃、ナッシャが町を案内してくれたり、カールがレオンを頻繁に飲みに誘ったりしたために、町には随分と詳しくなった。

だが、自室がある砦の内部にはあまり詳しくなかった。女王シェードをはじめ、アルガンドの人々はレオンの行動を制限することはなかったものの、「余所者が他国の中枢《ちゅうすう》部分を自由に歩き回っていてはまずいだろう」と遠慮していたのだ。

しかし、日の出が来れば故郷に帰ることになる。今日くらいは少しばかり砦の中を見て回ってもいいだろうと、レオンは廊下を歩き出した。

砦には無数に部屋があり、女王であるシェードだけではなく、その身の回りの世話をする者やアルガンドの内政を担う者など、国のために働いている人々も砦内で暮らしている。

それから、アルガンドの防衛や魔法に関する全てを担っている十二人の賢者たち。彼らには砦に一つずつ部屋が与えられている。

そこで生活もできるが、何人かは町にある自宅で過ごしているようだ。

さすがに閉まっている扉を開けるようなことはしなかったが、砦内部を散策しているうちにレオンは扉の開いた大きな部屋を見つけた。

躊躇しつつも好奇心には勝てず、レオンはその部屋の中を覗いてみた。

部屋の中には大きな石碑《せきひ》が一つあるだけである。

その石碑は古代の文字で書かれているようでレオンには読めなかったが、いくつか見覚えのある文字もあった。

部屋の中に入り、間近でその文字を見つめて思い出した。石碑には所々に悪魔が使う独自の文字が刻まれているのだ。

ファ・ラエイルの記憶を有するレオンは、その文字だけは読むことができた。

「魔法」「力」「想像」などの単語である。どうやら石碑には魔法のことが書かれてあるらしいが、全貌はわからない。

レオンが石碑を眺めていると……

「眠れぬのか」

レオンの背後で声がした。

振り返ると、女王シェードがそこに立っていた。

女王がこんな夜中に一人で出歩いていることに驚きつつ、レオンは勝手に部屋に入ってしまったことを謝罪する。

「気にするな。お前に見られて困るようなものはこの国には何もない。重要な施設には鍵がかかっているしな」

シェードはそう言うとレオンの横に立ち、石碑を眺めた。

「これは我らが祖先、この国を作った初代の国王が残したものだ。言い伝えでは、ファ・ラエイルが教えたとされる魔法の全てがここに記されている。もっとも、長い年月の中で言い伝えは風化し、古代語を読み解ける者ももういないがな」

シェードの話を聞きながら、レオンはエレノア本人ならばこの石碑に何と書かれているのかわかるのだろうか、と考えていた。

精霊たちの魔力を借りたことでレオンの中にいるア・シュドラたちはおとなしくしているが、エレノアとの繋がりはいまだ感じられずにいる。繋がりを感じられるようになったとしてもエレノアと再会できるのかはわからない。だが、レオンはもう一度彼に会いたいと思っていた。

もし会えたら、この石碑の意味を聞いてみたいと思った。

「その様子ではあまり眠れなかったようだな。なに、三年ぶりの帰国だ。気持ちが昂ってしまっても仕方あるまい」

シェードはレオンを見て苦笑する。その言葉で、レオンはどうして寝つけなかったのかようやく納得した。

レオンはずっと緊張していたのだ。興奮、と言ってもいいかもしれない。

あらぬ罪を着せられて国を逃げ出してから三年。その月日はレオンの中で短いようでも、長いようでもあった。

アルガンドの人々はとても親切にしてくれて、レオン自身も独自の発展を遂げたアルガンドの魔法技術に心を躍《おど》らせた。

しかし、それでも一日たりとも故郷を忘れたことはなかった。

残してきた家族は無事だろうかと心配し、向こうも心配しているだろうなと心苦しくなることもあった。

友人たちは元気にしているだろうかと思い出し、自分を国に戻すために無茶をしていないだろうかと不安に襲われることも。

時には何故自分がこんな目に遭《あ》わなければならないのかと、やりどころのない怒りを抱えたこともある。

その全ての想いが、次に日が昇った時には報われるのだ。

ヒースクリフが捕らわれ、望んでいた形ではないにしろ、故郷に帰れるという喜びをレオンは抱いていたのである。

「僕は、自分勝手だ。友人が危機に瀕《ひん》しているというのに、国に帰れることを心の内では喜んでいたなんて」

レオンは悲しそうに言った。ヒースクリフを心配する気持ちはもちろんある。一刻も早く助け出さなければという使命感も。

だが、自分の中にあった喜びに気づいてしまうと、途端に友人を思う感情が自分の本心だったのかわからなくなり、不安になった。

シェードはそんなレオンを非難することなく、その肩にそっと手を置く。

「喜ぶのは当然だ。故郷に帰れるのだから。それだけお前にとってその国が、そこに住む友が、家族が大事だという証拠だ。安心しろ。友人を助けたいと思うお前の優しさももちろん本物だ。人は複雑な感情を抱いて生きるものだ。そこに嘘も真実も存在しない。愛する者たちを救うためにお前は行くのだ」

そう言ってシェードはレオンを抱き寄せた。

常に冷静で、時に冷徹にも見えるシェードのその行動は、レオンにとって意外だった。

しかし、彼女の腕の中はとても温かく、安らぎを与えてくれた。

◇

日が昇ると、砦の広場には多くの人が集まっていた。

普段から砦に出入りする人たちだけでなく、町に住む人々もレオンを見送りに集まったのだ。

「おいおい、この人気はもう賢者にも匹敵《ひってき》するな」

広場に溢れかえる人を見て、カールがレオンを茶化す。

アルガンドでは余所者自体が珍しい上に、レオンは精霊から認められたお墨付《すみつ》き。

その人気はレオンの知らぬところで鰻登《うなぎのぼ》りだった。

賢者たちによる夜通しの作業により、魔石には三日間飛行するのに十分な魔力が充填され、小型魔導空船は出発準備を完了している。

レオンが広場に顔を出すと、集まった人たちから歓声が上がる。

その声に驚きつつも、レオンはその中に見知った顔があることに気がついた。

酒場で何回か顔を合わせ仲良くなった者たちや、町で毎日挨拶をかわす老人、ナッシャの両親など、レオンがこの国に来て知り合った全ての人たちがレオンを見送りに来ていた。

ナッシャの両親がレオンを呼び止め、包みを渡す。

「三日分の携帯食料よ。魔導空船の中でも食べやすいように作ったから、三人で分けなさい」

ナッシャの母親が言うと、今度は父親が頭を下げる。

「娘のことをどうか頼みます」

レオンは包みを受け取り、溢れるばかりの感謝の気持ちを伝えるために深々と頭を下げた。

それからも魔導空船に乗り込むまでの僅かな距離でレオンは何度も呼び止められ、握手を求められたり、「頑張ってこいよ」と背中を叩かれたりした。

その全てに深々と頭を下げ、レオンはようやく魔導空船に乗り込んだ。

席に着いて、安全装置のベルトをつける。

同じようにナッシャとカールも魔導空船に乗り込んでいる。

「中はそんなに揺れないと思うが、慣れるまで睡眠は取れねぇと思うぜ」

唯一乗ったことのあるカールが楽しそうに笑う。レオンは少しだけ怖くなった。

カールが魔法具を作動させ、小型魔導空船は起動音と共に震え出す。

窓の外に目をやると、ナシェンの姿が見えた。

両親の近くにはいなかったが、どうやら見送りに来てくれたらしい。

「レオン様！　必ず帰ってきてくださいね！　待ってますから！」

大きな声で言っているのが聞こえる。

「それじゃあ行くぜ」

カールはそう言うと、短いカウントダウンを数え、小型魔導空船の出力を最大にした。

レオンには一瞬、何が起こったのかわからなかった。

感じたのは大きな揺れと背もたれに押しつけられるような衝撃。

次に浮かんだのは「失敗したのだな」という考えだった。

しかし、操縦席に座るカールは笑っている。

「おい、もうシュトルム渓谷を越えたぜ」

そう言われて再び窓の外を見ると、そこは空だった。

それも雲の上だ。

青い空がどこまでも広がっている。

「飛行」魔法とはまた違う高揚感があった。

実際に座ってみると、魔導空船の中はあまり窮屈《きゅうくつ》さを感じない。

ガタガタと壊れそうな音を立てていたのも最初だけで、すぐに水平を保ち、揺れも少なくなる。

「ふう……本当にちゃんと動いたな」

額の汗を拭いながら息をつくカールに、墜落《ついらく》する可能性もあったのかとレオンは不安に駆られたが、ひとまず死んでいないことにほっと胸を撫で下ろした。

「カール様、この中で三日間過ごすのですか？」

ナッシャが尋ねた。あらかじめわかっていたことではあるが、小型魔導空船の中には必要最低限の設備しかない。

一応立って歩けるだけのスペースはあるものの、気をつけなければ頭をぶつけそうである。

「トイレは奥に行って右、風呂はないから我慢しろよ。寝る時はそこにある寝台で交代交代だな。それから歩く時は上にある手すりに掴まっとけ」

カールは簡単に船内の説明をすると、座席の横についたレバーを操作して背もたれを倒す。

レオンも真似をして背もたれを倒してみると、意外にも心地よかった。

寝台まで行かずとも仮眠程度ならば取れそうである。

レオンは故郷への帰還を前に、しばし目を閉じて心を落ち着かせることにした。

◇

商業都市リーン。

町の大通りから少し離れた通りに小さな商店があった。

王都にある魔法具店の支店で、その店の店長の弟子が経営している。

その店の二階。そこがマークたちの隠れ家となっていた。

「レオンから返事はない。どちらにしてもレオンがここにたどり着くには時間がかかる」

マークは悔しそうにそう言った。

魔法具で手紙を出して数日。返送用の封筒も同封したが、その返事はまだ届いていなかった。

「時間はない……そう考えるべきだよね」

オードが言った。

傷の手当てはしてあるが、まだ彼は全快ではない。

しかし、オードの言う通り確かに時間は限られていた。

ヒースクリフは反逆の罪で拘束されており、その情報は既に国中に伝えられている。

平民たちからはヒースクリフに対する落胆の声と、ヒースクリフを信じアーサーを非難する声のどちらもが上がっている。

通常、王族であれば罪を犯しても死刑になることはないが、悪辣《あくらつ》な手を使うアーサーのことだ。

何をするかわからないというのがオードたちの認識だった。

そして、仮にヒースクリフを死刑にするのならば、通達から執行までを極力短くするはずだとオードは考えていた。

「信頼できる第二王子派閥の貴族はまだ残っている。それに、団長だっているんだ。死刑を執行するつもりなら邪魔されないように迅速《じんそく》に動くはずだよ」

オードの言葉にマークは黙り込む。

助けを頼んだが、レオンを待っていられる状況ではなくなってしまった。

「やろう、今夜だ」

決意した目でマークが呟く。今夜、王宮を襲撃してヒースクリフを救い出すつもりだった。

「ねぇ……あれ」

それまで窓の外を眺めて黙り込んでいたルイズが不意に声を出す。

その声につられて、マークとオードは窓の外を眺める。

黒い煙が上がっていた。少し遠い。リーンの外だ。

「何だろ？　焚き火かな」

「旅人の焚き火にしては距離が近すぎるな。あそこまで来ているのに休憩するか？　……気になるな」

マークはそう言うと、黒いフード付きのローブを持って部屋を出ていく。

ルイズとオードもそのあとを追った。

顔を見られないように町に出ると路地に入り、目立たないよう「飛行」を使わずに煙の立つ場所を目指す。黒かった煙は少しずつ白く変わっていた。

「狼煙《のろし》だろうか」とマークは思った。

煙の色を変えて何かを伝えているのか、と。

今の時期にそんなことをするのは王子たちの権力争いに関係のある者かもしれない。

そして、そんな合図は第二王子派閥の間では決められていない。

マークは走りながら腰に差した剣をグッと握りしめた。

三人は真っ直ぐに煙の方を目指す。

狼煙の類か、もしくは他の何かか。それが何であれ、ヒースクリフ救出を決行する前には一つの不安も残したくなかった。

「待って、止まって！」

煙の立ち上ったあたりを目前に、ルイズが足を止めて叫んだ。

手を地面に当てて魔法を使う。魔力を張り巡らせて人を感知する魔法だ。

「三人……魔法使いね。向こうもこっちに気づいたみたい」

ルイズがそう言うと、マークは即座に剣を抜いた。

第二王子ヒースクリフが捕まったという噂は国中に広がっている。まともな魔法使いであればこの時期に王都やその近くのリーンを訪れるのは避けるだろう。

それが三人もいるということは、王宮から来た追っ手である可能性が高い。

「お前ら、フードを被れ。顔を見られるな」

マークの指示で三人ともローブについたフードを深く被り直し、顔を隠す。

このまま取り逃がして、ヒースクリフ派の魔法使いがリーンにいると報告されてはまずい。三人は再び煙の方へ走り出した。

◇

「カール！　着地方法を考えてなかったってどういうこと？」

責めるレオンを前に、カールは声高らかに笑って誤魔化《ごまか》した。

紅竜をも凌ぐ速度を誇る小型魔導空船は見事にその役目を果たし、アルガンドの魔法具師たちが計算した通りに商業都市リーンのすぐ近くの森にレオンたちを送り届けた。

問題だったのはその着地方法である。

目標地点を前にしてカールはレオンとナッシャにこう言った。

「これ、どうやって着地するんだ？」

その一言でレオンは後悔した。

以前カールがこの魔法具の運用テストをした時は、全身骨折の大怪我だったと聞いている。

機転をきかせたのはナッシャだった。

小型魔導空船が地面とぶつかる直前に防御魔法を展開して全員を包み込み、衝撃から守ったのだ。

結果として三人とも無事に地面に降り立つことができた。

「ああ……俺の魔法具が」

粉々になった魔法具を見てカールは泣いていたが、レオンたちはそれどころではなかった。

壊れた小型魔導空船の魔石に僅かに残っていた魔力が衝撃によって破裂《はれつ》し、火を噴いたのである。

火はたちまち森の木に引火して、レオンとナッシャはその消火作業に当たることになった。


何とか火は燃え広がらずに済み、レオンがホッとした時——

何者かの魔法を三人同時に感じ取った。

「探知されました！　誰かいます」

ナッシャが手袋をつけた手を構える。カールはレオンにローブのフードを被せ、それから口元を藍色《あいいろ》の布で隠すように指示した。

「お前、この国では死んだことになっているんだろう？　その髪は目立ちすぎるし、顔を知っているやつもいるかもしれねえ。見た目がだいぶ怪しくなるが、素顔を見られるよりましだろう」

レオンは頷いて言われた通りに顔を隠した。

「来るぞ！」

カールが叫び、レオンも杖を構えた。

近くの茂みの中から氷の礫《つぶて》が飛んでくる。

「防げ！」

カールの声に応えて、ナッシャが魔法で地面を盛り上げて土の壁を作った。

すると今度はその土の壁を打ち破るように木の根が生えて、レオンたちを捕らえようとうねり出す。

「魔法植物です！」

今度はナッシャが叫び、カールが自身の杖である手袋に魔法の炎を灯す。炎がついたその手袋で木の根を一つずつ殴《なぐ》りつけ、燃やしていく。

「茂みの中だ！　あぶり出せ」

名前を呼ばなかったが、カールの指示はレオンに向けたものだ。

レオンは杖を振り、魔法で暴風を作り出す。暴風は茂みに向かって渦巻き、周囲の木々や土、石などを巻き上げて竜巻《たつまき》に変わる。

竜巻が茂みを襲い、そこに潜《ひそ》む魔法使いたちをあぶり出そうとした。

「きゃあっ！」

女性の悲鳴が聞こえ、黒いローブで顔を隠した魔法使いが一人竜巻に巻き上げられる。

落下するその魔法使いを受け止めようと飛び出した者がもう一人。

だがレオンの目を引きつけたのは、茂みから飛び出し、剣を振り上げて真っ直ぐにレオンの方へ向かってきた魔法使いだった。

すかさずカールとナッシャが魔法で妨害《ぼうがい》しようとするが、剣を持った魔法使いはそれらを軽々とかわし、一瞬でレオンとの距離を詰める。

どちらかといえばレオンは後衛タイプだ。彼の魔法は高威力である代わりに、練り上げる魔力量が多く、発動に多少の時間がかかる。

影の使い魔であるテトを呼び出せば攻撃手段は多彩になるが、一瞬でテトを呼び出せるほどの練度はまだなかった。

だから、そのまま二人がぶつかっていれば負けていたのはレオンである。

鋭く磨かれた剣はレオンのことを簡単に切り裂いていただろう。

しかし、レオンは気づいていた。

その魔法使いが持つ、よく磨かれた剣。振り上げたその剣には見覚えがあった。見間違うはずがない。二年間ほとんど毎日、その剣を目にしていたのだから。その剣の持ち主と寝食を共にしたのだから。

男が剣を振りかぶり、レオンの首を狙う。

「マーク？」

レオンがぽつりと呟くと、剣はレオンの首筋にたどり着く寸前で動きを止めた。

魔法使いがフードを取る。その下の顔は明らかに動揺していた。レオンの声に聞き覚えがあったからだ。

震える手から父親にもらった剣が落ちる。

「レオン……？」

掠《かす》れた声でそう呼びかけた男の目には涙が溜まっていた。

「僕だよ、マーク……僕だ」

レオンの声も震えていた。フードと、顔に巻いた布を取る。

気がつけばどちらからともなく抱き合っていた。

体中が熱くなり、抱きしめる腕に力がこもる。その力の強さは、会えなかった時間を取り戻そうとしているようだった。

「レオン！」

竜巻で吹き飛ばされたルイズと彼女を受け止めたオードもレオンに駆け寄る。

「ごめん、二人とも。怪我はない？」

レオンは涙を浮かべたまま二人に問う。一歩間違えば友人を傷つけていたかもしれない。

しかし、ルイズもオードもそんなことは関係ないと、顔をぐしゃぐしゃにしながらレオンを抱きしめた。

その温かい涙が「自分は帰ってきたのだ」との思いをレオンに抱かせた。

◇

「じゃあ、今日やるのか」

それぞれが挨拶を済ませた後、マークから今日王宮を襲撃するつもりだったと聞いたカールは考え事をする素振《そぶ》りを見せた。

「ああ、そのつもりだった。何かマズイか？」

「いや、ちょうどいいだろう。結構派手に着陸しちまったからな。誰かに見られたかもしれない。早い方がいい」

カールは、マークたちがヒースクリフを奪還しようと計画しているのを、アーサーは見抜いているのではないかと考えていた。

それはマークたちから聞いたアーサーの狡猾《こうかつ》さにより予想したにすぎないが、マークたちも同意見だった。

「向こうに予測できない点があるとすれば、レオンや俺たちが既にリーンに到着しているというところだろう。それを利用しない手はない」

カールの言葉にマークたちは頷く。

作戦は単純だった。マークたちが正面から王宮を攻める。

ただしこれは攻めるフリをするだけで、本気で戦ったりはしない。

つまり陽動である。その隙に王宮の地下通路を通ってレオンたちがヒースクリフとダレンが捕らえられている地下牢に行き、救出するという手筈《てはず》だった。

「地下牢には第二王子派閥の貴族たちも少なからず捕らえられてると思う。彼らも一緒に助け出してほしい」

「良いのか？」

オードの言葉を聞いて、マークが尋ねた。

捕らえられているのはヒースクリフを裏切った貴族とは別の者だろうが、ヒースクリフが捕まった時に何もしなかったという点では同じである。

「信用できるのか」という意味でマークは聞いたのだ。

オードは頷く。

「捕まってるってことは、アーサーから敵と認識されているということだ。彼らが自分の立場を守るなら、もうヒースクリフに協力するしかないよ」

立場を追われるくらいならば、少ない望みだろうが賭けるしかないと考えるのは貴族の傲慢さ故だろう。

心から信頼できるわけではないが、ヒースクリフを救出したあとのことを考えれば、その傲慢な貴族たちの力も必要だとオードは語った。

「わかった。王宮の地下牢に行くのは俺とナッシャ、レオンだ。それでいいか？」

カールにそう聞かれて、レオンは頷いた。


日が暮れて、人々が寝静まる頃合い。

今夜の月は分厚い雲に阻まれてその光が地上に届くことはなく、レオンたちにとっては都合が良かった。

王宮の地下に続く地下通路は王都内に複雑に張り巡らされている。

かつて王族が脱出用に作ったそれは年月が過ぎるうちに使用されなくなり、その存在は忘れ去られた。

光の魔法で地図を照らしながら、カールは少しばかり唸る。

「地図があるのはありがてぇけどよ、随分と古臭い地図だな」

カールが見ているそれは、オードたちが用意したものである。

その入手には隠れ家となった魔法具店の本店にいるレオンの先輩、クエンティン・ウォルスが関わっていた。

「ジメジメとしていて気分が悪いですね。腐敗臭《ふはいしゅう》もしますし……」

ローブの裾で鼻を押さえながらナッシャが言う。

彼女の言う通り、地下通路内はお世辞にも綺麗とは言いがたい環境だった。

埃臭く、雨が染み込んでいるのかそこら中に水溜まりがあってカビの臭いもする。

不快ではあるが、それらは何年も人が立ち入っていない証でもある。

「こっちだな、行くぞ」

カールが先導し、レオンたちは王宮の地下を目指した。

◇

王宮の正門前、槍を持った二人の兵士が門を守っている。

彼らは魔法騎士団とは別の組織で、主に王宮の守護を任された者たちである。

「くっ……ああ、暇だな」

兵士の一人が言うと、もう一人の兵士は苦笑しながら咎めた。

「あんまり気を抜くなよ。アーサー様からも言われてるだろう」

警備を厳重にせよとの通達が来てから数日、最初のうちは張り詰めていた兵士たちの緊張の糸もそう長くは持たない。

何も起きない日々が続いている。

特に夜間警備は暇で、あくびが出るのも無理はなかった。

「そんなこと言ってもよ、眠くなるのは仕方な……」

兵士があくびを噛み殺しながらそう言いかけた時だった。

彼らの背後で大きな爆発音が鳴る。

それと同時に王宮の上階から火の手が上がる。

「何だ？」

兵士たちはすぐに槍を構え、何事かと周囲に視線を巡らせるが、暗い夜空には何も見えない。

実際にはその夜空を黒いローブを着たルイズが飛び回っており、爆発音と火の手は彼女の仕業だった。

王宮に向けて炎の魔法を放ち、それを風魔法で拡散する。

威力はないが見た目の派手さを優先し、王宮を特大の炎が襲っているように見せる演出だった。

「おい、あれを見ろ」

門番の兵士が目の前の通りを歩いてくる一人の男に気がついた。

その男は黒いローブを身に纏い、フードで顔を隠している。

腰には二本の剣を差していた。

明らかに怪しいその男に兵士たちは槍を構えて、

「止まれ！」

と警告する。

男はローブを脱ぎ捨てて走り出した。

腰に差した片方の剣を抜き、ものすごい速さで兵士たちに突撃する。

「あれは……魔法騎士団のマークだ！　最年少で隊長になったやつだ！」

兵士が叫ぶ頃にはマークはもうその兵士の目の前にいた。

槍を振るうことも叶わず、マークの剣が二度閃《ひらめ》く。

兵士たちはそれだけでその場に倒れてしまう。

殺したわけではない。剣の腹で強い衝撃を与えて気絶させただけだった。

「いたぞ！　あいつだ！」

騒ぎを聞きつけて王宮から兵士たちがわらわらと出てくる。

彼らはマークの姿を見つけると、武器を持って駆けてきた。

マークが剣を構えるよりも先に、マークの後ろからオードが駆けつけた。

オードは腰の鞄から魔法植物の種をいくつか手に取ると、それを王宮の門に向かって投げつけた。

種は門や地面にぶつかった衝撃で芽を出し、みるみる生長していく。

やがて巨大な蔓《つる》が門を覆ってしまった。

「何だ？　急に植物が生えたぞ」

「早く切り倒せ！」

その植物の向こう側で戸惑う兵士たちの声が聞こえる。

マークは半ば呆れた様子でため息をついた。

「オード、お前これ、品種改良しすぎだぞ。こんなに急生長する植物なんて見たことねぇ」

マークにそう言われて、オードは褒められたように照れた表情を浮かべる。

「便利なんだよ？　薬草でも何でもすぐに生えてくるしね」

二人が話していると、そこに空からルイズが下りてきた。

「そろそろ向こうも魔法使いが出てくる頃よ。気、抜かないでね」

ここまではおおむね作戦通り、順調に進んでいる。

むしろ問題はこのあとである。

王宮が襲撃を受けたと知った第一王子派閥の貴族たちが、マークたちを捕らえようと出撃してくるのは目に見えている。

彼らの中には王国でも有名な魔法使いが何人かいて、マークたちはたったの三人でその相手をしなければいけないのだ。

「来たわよ……」

敵の魔法使いの魔力を感知したルイズが二人に伝える。

マークは剣を、オードは杖を構えた。

「はは……やっぱり来ることは読まれてたみたいだね」

オードが乾いた笑いを浮かべてそう言った。

三人の視線は王宮の上空に向けられている。

そこには数十人の魔法使いたちがいた。

当然味方ではない。全員が第一王子派閥の貴族たちである。

王宮は王族の他には限られた貴族のみが出入りを許されている。

それにもかかわらず、短時間でこれだけの数の魔法使いが現れたということは、あらかじめ襲撃を予想して待機していた以外には考えられなかった。

「まぁ、本気でやんなくて良いっていうのは助かるよな。レオンたちがヒースクリフを助け出すまで、せいぜい踏ん張ってみようぜ」

マークが拳を突き出し、ルイズとオードはそれに自らの拳を合わせる。

三人は「飛行」で戦場に浮き上がり、それを確認した第一王子派閥の貴族たちは魔法で迎撃するのだった。

◇

「ここだ」

上空で魔法使い同士の戦いが始まった頃、地下通路ではレオンたちが先を急ぎ、先頭のカールが王宮の地下へと続く道を見つけていた。

地図によれば地下通路はそのまま地下牢の側面に繋がっているようで、ヒースクリフとダレンが捕らわれている場所まではもうすぐである。

少し進むと地図の通りに扉があった。

まずカールが耳を扉に当て、向こう側の音を聞く。

「よし、誰もいない。行くぞ」

魔法で鍵を開け、ゆっくりと扉を開けてカールは進み、レオンたちもあとに続く。

ひんやりとした空間に静寂が流れている。

窓のない暗い部屋だった。

「こっちか？」

カールが先に進もうとするのを、レオンが止めた。

ここからならレオンの方が道をわかっている。

たったの一度、それも三年前の出来事だったが、その記憶は今も鮮明に残っている。

ここは、レオンがありもしない反逆の罪で捕らわれていた地下牢だ。

レオンが先導し、ヒースクリフとダレンを捜す。

牢屋は区画ごとにいくつもあり、慎重に扉を開いては牢屋の中に人がいないかを確認していくと、ヒースクリフやダレンよりも先に、第二王子派閥だったと思われる貴族たちを見つけた。

「……あんた、レオン・ハートフィリアだな！」

牢屋の中にいた男に突然声をかけられて、レオンは少し驚いた。

その男が今にも牢屋の檻《おり》を壊してレオンに掴みかかってきそうな勢いだったからだ。

「なぁ、助けてくれ。金なら払う。だから……助けてくれよぉ」

涙目でそう言う男にレオンは見覚えがなかったが、彼も貴族の一人であった。

ボロ切れのような服を着せられて体中あざだらけ、ボサボサの髪と薄汚れた肌には貴族だった面影はない。

捕らえられてまだ数日という話だったが、この様子では満足に食事も与えられていないのだろうと思えた。

「ふんっ……貴族の恥晒しめ。悪魔の末裔に助けを乞うなど、正気を失ったか」

別の牢屋から声がして、レオンはそちらに目を向ける。

その牢屋にも貴族の男がいたが、先程の男よりも幾分かマシな格好をしている。

着ているのは同じボロ切れではあるものの、まだ貴族としてのプライドを保っているらしい。

第二王子派閥の貴族と言っても全員がレオンの味方というわけではなかった。むしろ、レオンのことを悪魔の末裔だと信じ、王国を襲った悪鬼《あっき》だと思い込んでいる者の方が多い。

彼らはその悪鬼を倒した英雄だからこそヒースクリフを支持していたわけで、それが嘘だと明かされた今となっては裏切られた思いなのだろう。

「レオン、いたぞ」

カールがレオンを呼びに来て、それから檻に捕らわれた貴族たちを一瞥《いちべつ》する。

話が少しだけ聞こえていたのか、レオンを悪魔の末裔と呼んだ貴族を睨みつけていた。

カールに案内されてレオンは他の区画の牢屋に向かう。たどり着いた部屋の牢屋のうち二つだけ、人が閉じ込められていた。

「ヒース、ダレン！　助けに来たよ」

牢屋の中で両手を鎖《くさり》に繋がれたヒースクリフは、学院時代の彼の面影はなかった。

他の牢屋の誰よりも体は傷つき、綺麗だった彼の金色の髪はボサボサに乱れていた。

ヒースクリフが顔を上げて前髪の隙間からレオンの顔を見る。

「レオン……なのか？」

信じられない、といった様子でヒースクリフは涙をこぼした。

隣の牢屋にいたダレンも憔悴してうなだれていたが、レオンの顔を見ると牢屋にしがみついた。

「レオン……頼む。ヒースクリフを連れ出してやってくれ……」

自分もぼろぼろの状態なのに、それでもヒースクリフのことを気にかけるダレンにレオンは頷いた。

もちろん、二人とも救うつもりである。

「この檻、魔力を通さない特別製の金属だ。開けるには鍵がいる」

檻を調べていたカールがそう言い、ナッシャがその鍵を探しに行った。

幸い、鍵は牢屋の番人が使う部屋に保管されていてすぐに見つかった。

レオンはヒースクリフとダレンの牢屋の鍵を開ける。

自分で立つことができない二人にレオンとカールがそれぞれ肩を貸し、他の貴族たちも連れて脱出しようとした時――

静寂に包まれていた部屋の中に乾いた拍手が鳴り響いた。

「まったく見事だよ。まさかとは思ったが……一体どうやってこれほど早くこの国に戻ってこられたのか教えてほしいくらいだ」

人を馬鹿にしたような声が聞こえ、レオンたちは王宮へと続く扉に目を向ける。

男が一人立っている。金髪で、ヒースクリフによく似ている。

「アーサー王子ですね」

レオンはそう問いかけた。

ヒースクリフの兄、アーサー・デュエンが何故か牢屋に姿を現したのである。

「外の派手な戦いを不審に思って来てみれば、まさか本当にネズミが紛れ込んでいるとはな」

アーサーはそう言ってもう一度拍手をした。

レオンたちの後ろでナッシャが杖を構える。

アーサーは一人だった。護衛の兵士も連れず、貴族の魔法使いたちもいない。

彼は非魔法使いであり、力であればレオンたちの方が勝る。

そんな状態なのに焦る様子もなく余裕の笑みを浮かべている。

それが、何とも不気味だった。

「さて、罪人を逃がすというのだから、これでお前も立派な犯罪者というわけだな、レオン・ハートフィリア」

アーサーはレオンのことを知っていた。

彼が本当は国を襲っていないことも、ヒースクリフが彼を殺したフリをして逃がしたことも、はじめから知っていた。

それでもそれをバラさずにいたのは、その方が都合が良かったからだ。

未曾有《みぞう》の危機とまで言われた悪魔たちの王都襲撃、それをほとんど一人で退けてしまう力を持った魔法使いがヒースクリフの近くにいたら邪魔で仕方なかったのだ。

「ヒースに何をした！　たった数日でここまで憔悴するなんておかしい」

レオンは拳を握りしめて怒りを露わにした。

友人を傷つけられて心の底から憤りを感じている。

「おいおい、没落して国を追われた貴族が王族を愛称で呼ぶのかよ。いや、確かお前は孤児だったか。ということはただの平民……いや、それ以下か」

アーサーはあえてレオンの神経を逆撫でするような言葉を使った。

「お前が国にいないおかげで随分とやりやすかったぞ。馬鹿な父親に精神魔法をかけて傀儡《かいらい》にし、もっと馬鹿な弟は牢屋に入れた。処刑なんてするまでもない。牢屋で惨《みじ》めに死んでいくのがお似合いだからな」

アーサーは捕らえたヒースクリフ、それにダレンを拷問《ごうもん》していた。

情報を聞き出すための拷問ではない。自分の残虐《ざんぎゃく》な好奇心を満たすためだけの拷問だ。

そればかりではなく、食料はおろか水すらも与えていなかった。

ヒースクリフが餓死《がし》するように仕向けたのだ。

そうすれば処刑するまでもなく、国民にただ一言、「弟は檻の中で病死した」と伝えられるからである。

「それが……」

アーサーのその非道な行いはレオンを初めて本気で怒らせた。

「それが兄貴のすることか！」

レオンは咄嗟にヒースクリフをナッシャに預け、杖を抜いた。

怒りに支配されたレオンの魔法がアーサーを襲う。

雷のような魔法は真っ直ぐにアーサーに向かっていく。

しかし、その魔法が届くことはなかった。

「なに……？」

魔法がアーサーにぶつかる直前、何かに阻まれた。

「く……くく、くはっ、ハァーッハァ！　まったく、王都の愚鈍《ぐどん》な魔法具師たちでも役に立つものを作れるもんだ」

アーサーはそう言って、懐から一つの魔法具を取り出す。

小型のそれがアーサーを魔法から守った代物だった。

「こいつがある限り僕に魔法は効かない。残念だったな、ハートフィリア！」

その魔法具は、魔法障壁のようなものを絶えず持ち主の周りに張り巡らせているらしい。

魔法障壁は魔法を無効化するのに適している。

だが、アーサーが得意げに説明している間にレオンはもう次の行動に移っていた。

足に魔力を溜めて加速する。

一気に相手の懐に潜り込み、振りかぶった拳を思いきり振り抜く。

アルガンド直伝の、魔法と体術を組み合わせた戦い方だった。

魔法障壁は魔法を防ぐのには十分な効果を発揮するが、物理攻撃を防ぐのには向かない。

「な……グハッ！」

非魔法使いであるアーサーには、レオンが何をしたのかわからなかっただろう。

わかったのは突然レオンが目の前に現れたことと、その拳が自身の頬を捉えて後方に勢いよく殴り飛ばされたことだけだ。

アーサーの体は吹っ飛び、それから壁に激突した。

感じたことのない痛みにアーサーは悶《もだ》えた。

殴られたのだと理解するだけでも、時間が必要だった。

王族であるアーサーは人に殴られたこと自体、初めての経験だったのだ。

「なぐ……殴ったのか？　王子であるこの僕を……？　平民が……平民風情があぁ！」

アーサーは激昂《げきこう》した。

それまでの余裕は一切なくなり、普段の気取った喋り方も忘れて、ただただレオンに対する怒りを露わにした。

そして、こう叫んだのである。

「さっさと来いディーレイン！　こいつらを皆殺しにしろ！」

レオンはアーサーがそう叫んだ瞬間に、突如として巨大な魔力が出現したのを感じ取った。

仮面の魔法使い編

Botsuraku shita kizokuke ni hirowareta node
ongaeshide hukkou sasemasu

「キリがねぇ……一旦下がるぞ」

額から流れる血を袖口で無理やり拭い取って、マークは後方の二人に叫んだ。

降り注ぐ魔法の炎弾をルイズが防ぎ、オードが退路を確保する。

「あいつら、町が壊れるのもお構いなしかよ」

上空を飛ぶ第一王子派閥の魔法使いたちは数の力でマークたちを圧倒するべく、絶えず魔法を放ち続けた。

その大雑把《おおざっぱ》な魔法はマークたちを完全に捉えているわけではなく、ある程度の目処《めど》をつけただけで放たれている。

そのせいで、マークたちに当たらなかった魔法が町の建物を壊し、そこに暮らす住人たちを混乱に陥《おとしい》れている。

マークたちは戦うだけでなく、そうした人々を助ける必要まで出てきており、徐々に追い詰められていた。

「こうなったら学院を頼りましょう」

ルイズがそう提案する。学院にはグラントというマークたちの恩師を始め、学院長や他の教師たちなどヒースクリフを陰で支持してくれる魔法使いがいる。

彼らもこの現状は知っているはずで、立場上表立って動けずにはいるが、マークたちが助けを求めれば参戦してくれるだろう。

しかし、マークは首を横に振った。

「だめだ、今先生たちを頼るわけにはいかない。先生たちの存在はこっちの切り札なんだ。繋がりがあるとわかれば先生たちだってアーサーに狙われてしまう」

学院とヒースクリフたちとのやりとりは細心の注意を払って陰で行われてきた。

表向きはヒースクリフたちはただの卒業生で、卒業した後の行動に学院は一切関与していないことになっている。

それを今バラすのは得策ではないと、マークは判断した。

「でもどうするの？　このままじゃ私たちも町の人たちもやられるだけだわ」

走りながらルイズに問われ、マークは下唇を噛んだ。

頭の中ではいくつかの作戦が浮かんでいる。浮かんではいるが、どれも成功する確率は低い。

「いっそのこと単身でやつらに突っ込み、時間を稼ぐか」と、そんな愚策まで浮かんでしまう。

一対一ならば負けない自信はあるが、一人で大勢に突撃しても稼げる時間はたかが知れている。

それに、現状は三人で逃げながら敵の魔法を防いでいる状態だった。

一人でも抜ければ魔法を防ぎきれず、王都の住人たちに被害が及ぶ。

「クソッ……どうする。どうすれば……」

マークが迷っている時だった。

一瞬、第一王子派閥の貴族たちの攻撃がやんだ。

不審に思い、マークは後ろを振り返る。

「子供……？」

遠くて顔まではわからない。

身長はかなり低く、少年のようだった。

その幼い魔法使いが単身で空中の貴族たちに突っ込んでいったのだ。

「マークさん、今のうちに逃げてください！」

そう叫ぶのが聞こえた。

その声には聞き覚えがあった。かつて北方の村で悪魔召喚の儀式を行って悪魔憑《あくまつ》きとなり、レオンたちによって救われた少年。

その後、魔法学院に入学し、一年だけだがマークたちの後輩になった。

「エイデンか！」

マークは少年の正体を知って逃げるのをやめた。

エイデンの助太刀《すけだち》に勝機を見出《みいだ》したわけではない。ただ、後輩を一人戦わせて逃げることができなくなっただけだ。

しかし、マークの加勢は必要なかった。

大きな亀――オーバータートルが空を泳ぐように飛んでいたのだ。

「我が主君を無実の罪で捕らえたことの意味、どういうことかしっかりとわからせてやる。てめぇら！　杖を抜きやがれ」

その亀の背に乗った男がそう叫ぶと、その後ろにいた他の魔法使いたちが拳を突き上げる。

「来てくれたのか」

マークはその姿を見てホッとした。この空飛ぶ魔法生物を従えている人物を、彼は知っている。

もう勝ちは決まったようなものだと、安心した。

現れたのは王国最強と謳《うた》われる魔法使い、ミハイル・ローニンとその仲間、魔法騎士団だったのだから。

エイデンとミハイルの参戦により、第一王子派閥の貴族たちは混乱に陥った。

ネズミを三匹狩るだけだと意気揚々と出向いてきたのだが、気がつけば狩られる側に回っていたのだ。

統率は乱れ、バラバラに動き回る。

その隙をつかれて、エイデンや魔法騎士団に蹴散らされた。

「よかった……何とかなった」

まだ気を抜ける状況ではないが、マークは安堵した。

これで随分と楽になる。

あとは引き際を見誤らずに後退すればいいだけだ。

それからマークは王宮に目を向けて、親友に語りかける。

「レオン、頼むぞ」

◇

突如として現れた巨大な魔力。その正体は黒いローブと仮面をつけた男であった。

レオンは商業都市リーンでオードが言っていた言葉を思い出した。

「仮面をつけた魔法使いに僕は一瞬のうちにやられてしまった。気をつけてくれ」

その言葉を信じるならば、ディーレインと呼ばれた目の前の仮面の男は相当な手練れである。

感じ取れる魔力からも彼が強敵であることは明白。

「カール、ナッシャさん。ヒースとダレン、それから他の貴族たちを連れてここから逃げてください」

レオンは後方の二人にそう頼んだ。

しかし、カールが首を横に振る。

「馬鹿言え、こいつは化け物だ。三人でやった方がいいに決まってんだろ」

カールもディーレインという男の強さを肌で感じ取ったらしい。

杖を構えて交戦の意思を見せるが、その拳は少し震えている。

「相手が強者だからこそです。ここで三人ともやられたら意味がない。僕が彼を引き受けます。その隙に皆を逃がしてください」

レオンはそう言うと、杖を構えて前に出た。

ディーレインはそれに応えるようにローブから腕を出し、杖をレオンに向ける。

「誰も逃がしはしない。大人しく殺されてくれ」

ディーレインが初めて声を発した。

魔力の大きさから想像していた声と違って、いたって普通の声だった。

その声には怒気も殺意も感じられない。ただ、明確な敵意はある。

「傭兵《ようへい》……ですか」

レオンはディーレインに問いかけた。

レオンを敵として見ているのは間違いないのだが、そこには不自然さがあった。

仕方なくやっている、とでもいうような、むしろ何にも感じていないと言った方がしっくりくるような感覚だ。

ディーレインはその質問には答えなかった。

その代わりに抜いた杖から魔法を発動する。

炎がレオンたちを襲う。レオンは杖を振り、それを防ぐと雷の魔法で反撃した。

魔法がぶつかり合い、衝撃が王宮を揺らす。地下牢の天井にヒビが入り、崩れ落ちた。

レオンは瓦礫《がれき》を浮遊させ、自分たちに当たらないようにした上で、それらをディーレインにぶつける。

瓦礫は土煙を上げてディーレインの視界を制限する。

「さぁ、今のうちに早く！」

レオンがそう叫び、カールたちを急《せ》かす。

カールはまだ納得していないようだったが、ことは一刻を争うとも理解していた。

魔法で地下牢の横の壁を壊すと、他の区画に捕らわれている貴族たちの牢屋の扉も開け、地下通路から逃げ出した。

ディーレインは自身の言った通り、それを見逃すつもりはなかった。

カールの逃げ道を塞ごうと魔法を繰り出すが、その全てをレオンは防いでみせた。

「お前、やるな」

仮面の下でディーレインが笑った。

ディーレインの杖から触手のようなものが数本伸びて、レオンを捕らえようとする。それを横に飛んでかわし、レオンは炎の魔法で攻撃する。

カールとナッシャは既にヒースクリフたちを連れて地下牢から地下通路へと脱出した。

牢屋のある部屋は狭《せま》く、崩壊は一時的に収まったものの、これ以上ここで戦うのは得策でないように思えた。

レオンは炎の弾を撃つ。

その弾はディーレインの横を通って後ろにいたアーサーの頬を掠めた。

「ひっ……」

アーサーが悲鳴を上げてへたり込む。

魔法が効かない魔法具を持っているとはいえ、一度殴られたことで攻撃に対する恐怖心が芽生えたらしい。

レオンはアーサーを狙ったわけではなかった。

狙いをつけたのはアーサーの横にある扉。牢屋と王宮を繋ぐ出入り口である。

レオンがさらに杖を一振りすると杖の先から光が発生した。

それは一瞬の目眩《めくらま》しでしかない。

しかし、レオンはその一瞬でディーレインの横を駆け抜けて、「飛行」で自らの体を浮かせて、扉から地上に出ていく。

その際、杖でディーレインに何度か魔法を放ち、挑発するのを忘れない。

今ここでレオンがただ逃げれば、ディーレインは地下通路へと向かったカールたちを追うかもしれない。

そうさせないためにはレオンがディーレインの注意を引きつけて、彼らから離れた場所に誘導するしかない。

その挑発にディーレインは乗り、レオンのあとを追ってきた。

王宮の廊下を魔法使いが二人、飛び進んでいく。

先頭を行くレオンは後方に魔法を飛ばし、時には廊下に飾られているランプや壺《つぼ》などを魔法でディーレインにぶつけ、足を止めさせようとする。

ディーレインはそれらを杖の一振りで退けて、さらに杖を振りレオンに追撃の魔法をかける。

廊下を抜けて、階段を飛び上がり、再び廊下へ。レオンとディーレインの攻防は王宮中で繰り広げられた。

はたから見れば、魔法を放つたびに散るいくつもの火花が、ものすごい速度で王宮内を移動しているようだった。

やがて、ディーレインの衝撃を生み出す魔法がレオンに当たり、レオンは体勢を崩して廊下の窓を突き破った。

ギリギリのところで落下を免れ、「飛行」を上手く使って着地する。

そのあとを追うようにディーレインが下りてくる。

二人がたどり着いたのは王宮の中庭だった。

地面に手をついたレオンはディーレインを睨みつける。

「その翼……あなたは、悪魔ですね」

ディーレインの背中には、いつの間にか、先程までなかった翼が生えていた。

その黒い翼はディーレインが「飛行」魔法を発動した時に生えたものだ。

その見た目は悪魔たちが空を飛ぶ時に使う翼とよく似ていた。

ディーレインはレオンの問いに「フッ」と笑い、

「違う」

と答えた。

「俺は人間だ。お前と同じ……な」

ディーレインはそう言ったが、レオンには到底信じられなかった。

その翼は確かに悪魔が使うそれと同じだ。

それに、彼が悪魔ならその膨大な魔力にも納得がいく。

「テト！」

レオンは杖をしまうとそう叫んだ。自分の影からテトを呼び出す。

テトは二本の剣に姿を変えた。

「影の使い魔か、おもしれぇ」

ニヤリと笑ってディーレインも杖をしまった。

そして片手を空に掲げると、

「クロウス、来い！」

と叫んだ。

レオンにはディーレインの頭上を黒い何かが飛翔したようにしか見えなかった。

その黒い何かは大きな鎌《かま》へと姿を変えて、ディーレインの右手に収まる。

「影の使い魔……やっぱり」

影の使い魔は悪魔が得意とする魔法である。

影を操り、使い魔として顕現《けんげん》させる。

それができるということはやはりディーレインは悪魔なのだと、レオンは確信した。

「言っただろうが。俺はお前と同じ人間だ！」

ディーレインは大鎌を振り上げてレオンに突っ込んでくる。その一撃をレオンは二本の剣で防いだ。

重い。腕が痺《しび》れるほど重い一撃だった。

その一撃では終わらず、斬撃はなおも続く。

アルガンドで剣の鍛錬をしていなければ、その攻撃をさばききることはできなかっただろう。

「おもしれぇ、ここまでついてきたやつは初めてだ」

ディーレインが鎌に魔力を浸透させる。

黒いモヤのようなものが鎌を包み込んだ。

禍々《まがまが》しい魔力を感じる。

ディーレインが鎌を振るうと、その斬撃は纏った魔力を飛ばした。

レオンは上に飛びそれをかわしたが、ディーレインの追撃は避けられない。

レオンの動きを読んで空中に飛び上がった相手の蹴りをまともに食らってしまう。

「ぐっ……」

レオンは地面に叩きつけられ、そのまま転がる。

「強い……」

ディーレインはレオンが思った通り、いやそれ以上に強かった。

魔力の大きさだけでなく、それを魔法として発動するスピードもその威力も、鎌を使った戦いまで一流である。

三年前に戦ったア・シュドラよりもその力は上だろう。

今のままでは勝てない。

レオンはそう悟《さと》った。

しかし、勝つ必要はないのだ。今はまだ。

カールたちはそろそろ王宮から離れて地下通路を脱出する頃だろう。

レオンがディーレインの気を引く必要はもうない。

「テト、一瞬でいい。彼の気を逸らしてくれ。そのあとすぐに僕の影に戻るんだ」

レオンは剣になったテトにそう囁《ささや》く。

剣を通してテトに意思が伝わったのがわかる。

ディーレインは鎌を担いだまま、レオンの方に歩いてきた。

「いまだ！」

レオンの合図でテトが再び猫の姿に戻る。

テトはディーレインに突っ込み、その目の前で視界を塞ぐように大きく広がる。

「何の真似だ！」

ディーレインがテトを斬り捨てようとするが、テトはそれを避けた。

彼がレオンから目を離したのはその一瞬のみ。だが、それで十分だった。

レオンの杖が眩《まばゆ》い光を放ち、魔力がそこに集中している。レオンが思い描いたのは空を自由に駆け回る紅竜の姿。その姿を模した炎の魔法がディーレインに向かう。

「最大火力か」

ディーレインは鎌でその魔法を防ごうとしたものの、炎に包まれた。

「テト！　戻れ！」

テトがレオンの影に戻ってくる。

この一瞬の好機を逃すわけにはいかない。

レオンは「飛行」魔法で逃げるつもりだった。最大火力の魔法でディーレインに隙を作り、姿をくらまそうとしたのだ。

しかし、レオンが飛び上がった瞬間、信じられないことが起こった。

いるはずのないディーレインがレオンのすぐ側に現れ、飛び上がったレオンの足を掴んだのである。

いったいどれほどの速度で移動してきたというのか。いや、それ以上にあれだけ大きな魔法を受けて何故無傷なのか。

ディーレインはレオンの足を持ったまま地面に叩きつける。

「ガハッ」

レオンは血を吐いてその場に倒れ込む。

「逃がさねえよ、レオン・ハートフィリア。俺はお前に用があるんだぜ？」

不敵に笑うディーレイン。

レオンを蹴飛ばし、仰向けに転がすとその手がレオンの胸に触れた。

「ぐ、ぐああ……あああああ！」

全身に痛みが走る。ディーレインがレオンの体の中に己の魔力を流しているのだ。

侵入してきた異物に対抗しようと、レオンの細胞が悲鳴を上げている。

まるで雷にでも打たれたかのようにレオンは動けなくなった。

「あん？　上手くいかねぇな。やり方が違ったか」

ディーレインは手を離し、不思議そうに自分の手を見つめている。

レオンは痛みに耐えながらもディーレインの不思議な魔力を肌で感じていた。

悪魔のようでもあって、人間のようでもある。

理屈ではなく、本能が彼の魔力を特異であると告げていた。

「な、何者……なんだ」

絞り出すように口にしたレオンの問いに、ディーレインは首を傾げる。

それから、「ククク」と不敵な笑みを浮かべて答える。

「何者って最初から言ってんだろ。お前と『同じ』だよ。人間として生まれておきながら、悪魔に見出されてその体を共有した。悪魔と人間、どちらの魂も持ち合わせた化け物さ」

ディーレインは悪魔に体を乗っ取られたわけではなかった。

自ら、悪魔と魂を融合させたのだ。レオンと同じように。

そして、ディーレインと魂を融合させた悪魔の名前にレオンは聞き覚えがあった。

「ア・ドルマって知っているか？　お前の中のファ・ラエイルとはただならぬ関係らしいんだけどよ」

その名前はかつてエレノアの記憶を垣間《かいま》見た時に知った。

ア・シュドラやその他のア族を束《たば》ねる族長の名前である。

エレノアと友情を築いていたが、魔界が消滅することを知ると今も続く人間界の支配計画を立て、
エレノアと仲違いし、反目するようになった悪魔だ。

「ソイツが言うんだ。お前の中にある手下たちの魂を取り返せってな。お前の魔力に干渉して引っ張り出せばすぐに抜き取れるって話だったんだが、何かに阻まれて上手くいかねぇな」

ディーレインの目的ははじめからレオンだった。

そのためにアーサーに取り入り、傭兵として雇われていたのだ。

ヒースクリフもダレンも、彼らを連れて逃げたカールたちも最初から眼中になかった。

ただレオンだけを、レオンの中の悪魔の魂だけを欲していたのである。

「お前には何の恨みもないんだが、俺にはある大切な目的があってな。そのために悪魔と協力してやってるんだ。お前の中の魂はおそらくお前の魔力が邪魔をして外には出てこられねぇ……なぁ、レオン。悪いが死んでくれ」

ディーレインはそう言って鎌を振りかぶった。

レオンは力を振り絞って杖を取り出す。

ウッドシーフと紅竜の牙から作られた杖は、ディーレインの鎌を防ぐほどの強度はなかった。

杖は真っ二つに折れてしまったが、それでも鎌の軌道を何とかそらすことに成功する。

鎌はレオンの首から数センチずれて地面に突き刺さる。

「マジかよ」

ディーレインは不意を突かれ、レオンはそれを見逃さなかった。

右手から放たれた炎の弾がディーレインを捉える。

「ぐっ……てめぇ」

燃え上がるディーレイン。不意を突いたおかげか、その魔法は間違いなく効いている。

これを好機と見たレオンはありったけの魔法をディーレインに叩き込んだ。

「死にたくない……まだ死ぬわけにはいかない」

その思いのたけをディーレインにぶつける。

炎は柱のように立ち上り、王宮中に轟音が響く。

手応えは確かにあった。ただ、魔力を使いすぎてしまった。

「ぐ……ああ、あああああ！」

胸を貫かれるような痛み。久しく感じていなかった悪魔たちが暴れ出す感覚。

族長であるア・ドルマ。その魂を宿す者を前にして、レオンの中のア族たちの魂が暴れているのだ。

魔力をここまで消耗してしまうと、精霊たちにもらった魔力も意味をなさない。

「外に出せ、我々を解放しろ」

胸の痛みはそう叫んでいるように思えた。

「好機……だな」

苦しみ、跪くレオンの頭上で声がした。

顔を上げると、そこにディーレインが立っていた。

「そんな……何で」

レオンは目を見開く。魔法の手応えは確かにあった。自分の魔法はディーレインに効いていたはずだ。

それなのに、今目の前に彼は立っている。

何事もなかったかのような顔をしてレオンを見下ろしていた。

「俺はシドルト族っていう特異な体質を持った一族でな。生まれながらに高い魔力を保有してるんだ。赤子は自分の身を守るため、魔力を自分の肌に這わせる術を身につける。俺たちはそれを『魔力の鎧《よろい》』って呼ぶんだぜ」

ディーレインの体にはその魔力の鎧が常に張り巡らされていた。そのためには大きな魔力を要するが、効力は凄《すさ》まじい。魔力障壁と同じようにほとんどの魔法に耐性を得るのだ。

ディーレインはレオンの魔法が効いているフリをしていた。

レオンに魔力を使わせるためだ。

「一芝居打った甲斐《かい》があったな。お前の魔力が少なくなれば悪魔の魂は出てきやすくなるんだろう。これでお前を殺さなくても済みそうだ」

ディーレインはそう言ってレオンの胸に触れた。

先程と同じようにレオンの体の中をディーレインの魔力が流れる。さっきと違うのは痛みの中に力を失っていくような感覚があることだった。

一つ、また一つとレオンの体の中から何かが消えていく。

それが悪魔の魂であることは明白だった。

やがて八つ全ての魂が抜き取られ、レオンはその場に倒れた。

ディーレインはレオンの体から抜き取った魂を呑み込む。人間界では生きることができない悪魔たちの魂を守るための一時凌ぎだ。

レオンにはもう振り絞れる力は残っていなかった。

自分は敗北した。その事実が彼自身を落胆させる。

悪魔を救う？　共存したい？　笑わせる。

結局、自分には何もできないのだとわからされたような気分だった。

魔力も残っていない。

ディーレインに立ち向かう力はもうなかった。

◇

暗い闇の中。いや、それとも真っ白な光の中か。

レオンにはそこがどこだかわからなかった。

精神世界と言われればそうなのかもしれないし、そうでないと言われればそんな気もする。

暗いのか、明るいのか。寒いのか、暑いのか。よくわからなかった。

声が聞こえた。

「レオン、諦めるのかい」

その声は酷く懐かしくて、温かい。

「諦めたく……ない。でも、もう僕には力がないんだ」

呟いた言葉はどこか他人事《ひとごと》のように聞こえた。

声の主もそう思ったらしい。軽く笑うと、

「それは嘘だね。君にはまだ力が残っている」

と言った。

レオンは自分の胸に手を当てる。

温かい。

「ありがとう、エレノア」

呟くと、目には見えない彼が笑ったような気がした。

◇

悪魔たちの魂が体から抜き出されたことで、レオンにはとある変化が起きていた。

絶たれていたエレノアとの繋がりが復活したのだ。

融合した魂に確かにエレノアの存在を感じる。

一人ではない。彼がいる。

それに今は彼だけでもないようだった。

(レオン、聞こえる?)

心の中で声が聞こえた。聞き覚えのある声。炎の精霊、イグニスのものだ。

「イグニス?　いったいどうやって……どこから」

戸惑うレオンにイグニスは笑いながら答える。

(君に渡した魂の欠片を使って話しかけてるのさ。悪魔たちの魂を封じる必要がなくなったから、

こうして君に精霊の力を行使できる)

イグニスはそう言うと、レオンによく聞いてと促した。

レオンは地面に伏せたままイグニスの話を聞く。

(彼は今、君にもう力がないと思って油断している。この隙を突けばまだ勝機はある)

どういうわけか、イグニスにはレオンの今置かれている状況がわかるようだ。

魂の欠片を通してレオンの姿を見ているのかもしれない。

イグニスの言う通り、ディーレインは油断していた。

レオンにはもう魔力が残っていないと思っている。

そして、悪魔の魂を抜き出したあとのレオンには、興味がないようだった。

王宮の中庭に倒れたレオンをそのままにして引き上げるつもりなのか、背中を向けている。

(いいかいレオン。君に残されている力は二つ。僕たち精霊の魔力と君自身が元々持っている魔法の力だ。彼の動きを止め、あの強力な防御魔法を破るのは僕たちの役目。彼に最後の技を当てるのが君の仕事だ)

イグニスがそう言うと、レオンの中に魔力が溢れてくる。

火、風、土、水の精霊たちの魔力だ。

その溢れ出る魔力はレオンに力を与えると共に、ディーレインに異変を知らせた。

「何だ？　何でお前、まだ立ち上がれる？」

振り向いたディーレインは魔法を発動しようとしているレオンを見た。

レオンの手は杖を握っている。折られたはずの杖……いや、それとは違う黒い杖をレオンは持っていた。

「チッ、お前に恨みはないって言ったが、少し訂正するぜ。俺はな、諦めの悪いやつは嫌いなんだよ！」

ディーレインが鎌を振り上げる。

レオンの心の中でイグニスの声がした。

（さぁ、レオン。よく見ておけよ、これが精霊魔法だ）

杖の先から魔法が放たれる。

精霊たちのように四色に分かれた綺麗な魔法だった。

（精霊奥義、四精刃《よんせいじん》！）

杖から放たれた四つの属性の刃がディーレインを襲う。

ディーレインは鎌でその魔法を斬り裂こうとしたが、魔法に押されて弾かれる。手を離れた鎌が空中で鳥の姿に変わった。

それがディーレインの影の使い魔の正体だった。

「何だ、この魔法は。まるで意志を持ってるみたいに動きやがる」

斬撃を避けながらディーレインが言う。

魔法に精霊の意志を乗せ、精霊が自在に操る。それを精霊魔法と言うのだ。

「来いクロウス！」

ディーレインが叫び、黒い鳥は再び鎌に姿を変えて彼の手に戻る。

「しゃらくせぇんだよ！」

ディーレインは鎌を薙《な》ぎ払う。

イグニスたちの魔法はその鎌をうまく掻い潜り、ディーレインの魔法の鎧を攻撃する。

魔力同士がばちばちと火花を散らしてぶつかり合い、精霊魔法の消滅と共に魔力の鎧にひびが入り砕け落ちる。

（レオン、いまだ！）

イグニスが叫ぶ。

「我が盟友であり、我が父でもあるエレノア。その力を我に与えよ。同胞が如き彼の者を打ち破るだけの力を」

レオンは呪文を詠唱した。残された魔力で最大限に力を発揮できるようにと。

集まった魔力を足に集中させ、肉体の強化に使う。

一瞬、ほんの一瞬でレオンはディーレインの目の前まで移動する。

「てめぇ……」

ディーレインが鎌を振るった。

その鎌はレオンの頬を掠め、彼の髪を数本斬り払った。

姿勢をそらし、間一髪で避けたのである。

レオンはすぐに体勢を立て直し、拳を振り上げる。彼が持っていた黒い杖はいつの間にか、拳を守る手袋にその姿を変えていた。

残された魔力は手袋に集約する。

その拳はディーレインの顔を捉え、彼の仮面を割った。

仮面が半分だけ剥《は》がれ落ち、彼の素顔が現れる。

真紅《しんく》の瞳だった。まるで宝石のような真っ赤な瞳。

レオンは一瞬、その瞳から目を離せなくなった。

「見るな！　見るんじゃねぇ！」

ディーレインが激昂し、鎌を振り回す。

そこに先程までの熟達《じゅくたつ》した技はない。

レオンはその鎌を避けて二撃、三撃と追撃していく。

拳が、足がディーレインの肩や腹を捉え、確実にダメージを与える。

「舐《な》めるなレオン!」

ディーレインは叫び、鎌を振り下ろした。

レオンにはそれが見えていた。懐のさらに深いところに潜り、その鎌を躱す。

魔力を集約させ、筋力を極限まで高めるようにイメージする。

そして、渾身《こんしん》の拳をディーレインの胸に打ち込んだ。

「ぐっ……があ……」

ディーレインの体をレオンの魔法が駆け巡り、その体は宙に持ち上がる。そのまま勢いよく吹き飛ばされ、王宮の壁にぶつかった。

ものすごい音と、それに伴う衝撃を受けてディーレインは気を失った。

レオンは勝った。精霊の力を借りて。

しかし、それはあまりにも辛勝でレオンには体力も魔力も残されていなかった。

「か、勝った……」

安心したレオンはその場に倒れ込んでしまう。

その側に杖から姿を変えたテトが近寄ってくる。

「ありがとう、テト。助かったよ」

咄嗟の判断で呼び出したテトは、レオンの意図を汲《く》んで杖——手袋の代わりを果たしてくれた。

レオンがテトの頭を撫でるとテトは小さく、

「にゃあ」

と鳴くのだった。

◇

「何故だ、何故こうなった！」

机を力強く叩き、声を荒らげているのはアーサーだった。

地下牢でレオンとディーレインの戦いを目の当《ま》たりにした彼は、殴られた衝撃もあり、いつの間にか気を失ってしまっていた。

目が覚めて自室に戻った彼が知らされたのはヒースクリフの逃亡と、派閥貴族たちの敗走という凶報である。

レオンを追わせたディーレインが敗れたというだけではなく、十数人いた貴族の魔法使いたちも魔法騎士団によって蹴散らされ、重傷である。

さらには、その貴族たちが考えもなしに王都で魔法を連発して住民を危険に晒したために、戦いに参加していなかった他の貴族たちから非難の声が上がっている。

「おのれヒースクリフ……おのれ魔法騎士団……おのれレオン・ハートフィリア！」

アーサーは側にあったグラスを壁に叩きつける。

割れたグラスが四方に飛び散る。

それでもアーサーの怒りは収まらなかった。

「荒れているな、王子」

背後で声がした。振り向くと、窓の近くにディーレインが立っている。

その仮面が以前のものとは変わっていることは、今のアーサーにはどうでも良かった。

「貴様ァ、どの面《つら》下げてここに来た！　さっさと逃がしたレオンを捕らえに行け！」

命令するようにそう言い、怒りのあまり罵詈雑言《ばりぞうごん》を浴びせようとしたアーサーだが、それ以上言葉を続けることはできなかった。

ディーレインがアーサーの首を片手で絞め上げたのである。

「ガッ……グフ……」

苦しみのあまり、息もできない。しかし、その目だけはディーレインを睨みつけていた。

「勘違いするなよ、王子様。俺はお前の手下でも何でもねぇ。お互いに利があるから手を組んでやっているだけだ。俺に命令するな」

ディーレインはそう言って手を離した。

アーサーは失っていた酸素を取り戻そうと、苦しそうに呼吸を繰り返す。

ようやく落ち着いてから、アーサーはディーレインを馬鹿にしたように笑う。

「お前は負けたんだろうが！　もう組んでいても仕方がない。違うか？」

ディーレインはアーサーを睨みつけたが、今度は手を出さなかった。

「確かに負けた。だが必要なものは手に入れた。お前が大人しく従うなら、いい思いをさせてやるよ」

そう言うとディーレインは影のように姿を消してしまった。

残されたアーサーは床を殴りつける。

「クソッ……クソッ！　どいつもこいつも馬鹿にしやがって……」

初めての敗北はプライドの高い彼にとって屈辱《くつじょく》でしかなかった。

それはヒースクリフやレオンに対する憎しみに変わっていく。

この日からアーサーは心を蝕まれていくのだった。

◇

アーサーの自室を出たディーレインはその足で王都の地下通路へ向かう。

迷路のように張り巡らされた地下通路はディーレインのような日陰者には都合がよく、魔法を使えばそこに部屋を作ることもできる。

いつも通る道をいつも通りに進み、目印としてつけた壁の傷に手を添える。

魔法で穴を開けるとそこには、ディーレインしか知らない隠し部屋があった。

その部屋には魔法具で作られた棺が八つ置かれていて、その中にはディーレインの大切な者たちが眠っている。

「ファナ、皆……もう少しだ。もう少しで俺の目的は達成される」

ディーレインは棺にしがみつきながら泣いていた。

そして、自分の体の中から八つの悪魔の魂を取り出すと、それぞれの棺に一つずつ入れていった。

すると、悪魔たちの魂は棺の中の体に乗り移り、その体を自由に動かし始めた。

中から棺が開いて立ち上がった者たちがディーレインを見る。

皆、同じような黒い髪と真紅の瞳を持つ者たちだった。

ディーレインはそのうちの一人、八人の中で一番小柄な少女を抱きしめた。

抱きしめられた少女は、不思議そうな表情を浮かべる。ディーレインの目に涙はなかったが、抱きしめるその腕には強い力がこもっていた。

エピローグ

Botsuraku shita kizokuke ni hirowareta node
ongaeshide hukkou sasemasu

「レオン・ハートフィリアが国に戻り、手下の魔法使いを連れて反逆者ヒースクリフ・デュエンを連れ去った」という噂は瞬く間に王国中を駆け抜けた。

その過程で、ヒースクリフが三年前にレオンを倒したのは作り話であったことも広まっている。

国民たちはヒースクリフへの期待を裏切られて悲観し、彼を恨む声と悪魔の末裔レオンが再来したことに対する不安がどの町でも溢れている。

ヒースクリフ奪還から一週間。

激闘を終えたレオンは商業都市リーンにいた。

あのあと、ディーレインを倒したレオンは魔力切れで倒れ、気を失ってしまった。

王宮の中庭で倒れるレオンを助けたのはカールである。

ヒースクリフたちを助け出し、地下通路を抜けたカールはレオンのことが心配で戻ってきたのだ。

彼がいなければあのまま第一王子派閥の貴族たちに捕まっていただろうから、レオンは目覚めた後、何度も感謝を伝えた。

助け出されたヒースクリフは、水も食料も与えられずにいたというのがとても深刻な状況を招い

ていたらしく、オード曰く、

「あと少し救出が遅れていたら危なかった」

とのことだった。

同じような状態に陥っていたダレンと一緒にオードが看病を進め、ひとまず回復傾向にある。

共に連れてきた貴族たちはそれほど重症ではなかった。与えられていなかったのは食料だけらしく、ヒースクリフたちとは違い水の配給があったそうだ。

また、拷問などもなかったようで、アーサーがヒースクリフを拷問したのは完全な私怨《しえん》だったと改めて判明した。

救出した貴族たちは十数人程度だったが、魔法具店に潜伏するには多すぎるので今はリーンを離れ、それぞれツテのある貴族の町に移動していった。

正確にはヒースクリフがそう命じたのだ。

アーサーに見限られたあげく、ヒースクリフにまで逆らうわけにはいかない貴族たちは渋々了承し、平民の乗る移動用の馬車に紛れて旅立っていった。

先の作戦で陽動を引き受けたマークたちももちろん無事である。

魔法学院のエイデンや魔法騎士団長のミハイルなどの助けにより戦況を有利に変えたマークは、第一王子派閥の貴族たちをある程度蹴散らしたところで引き上げた。

逃げる途中でヒースクリフたちを連れたナッシャと合流し、そのままこの商業都市リーンまで引き返してきたのだ。

ミハイルは魔法騎士団を連れて近くの森に潜伏し、エイデンは顔を見られたため学校を休学してマークたちについてきた。

学院側はアーサーに追及されれば、「エイデンの行いは生徒の単独行動にすぎず、学院としての判断ではない」という方針を示すことを、はじめからエイデンと取り決めていたらしい。

レオンは予期せぬところでエイデンに会えて喜んだ。

エイデンもまた自分を救ってくれたレオンに会えて喜び、それからあの時言えなかったお礼を伝えた。

「商業都市リーンに悪魔の末裔レオンと反逆者ヒースクリフがいる」という噂は既に広まってしまっている。

それでもレオンたちが身を隠していられるのは、全てクエンティンのおかげである。

魔法学院の卒業生でありながら、王都の魔魔堂《ままどう》という小さな魔法具店を継いだクエンティンは三年の間に大出世していた。

魔法具師としても才能のあった彼は、ヒースクリフと共に製作した「離れたところにいる相手に届く封筒」を始め、さまざまな新作の魔法具を発表した。

その功績と売り上げによって得た資金を元手にしてリーンに多くの店を出店、出資した。

レオンたちが身を隠している魔法具店もこの時に出店した店の一つだ。

さらには元々リーンにいた商売人たちを繋ぐ役割まで果たし、瞬く間にウォルス商会と呼ばれる商会を立ち上げて、三年の間にリーンを乗っ取ってしまったのである。

今やリーンにはクエンティン・ウォルスという名前を知らない人間はいないのだった。

リーンにはそのクエンティンの息のかかった商人、あるいは店がいくつもあり、レオンたちがアーサー派の者に見つからないよう匿ってくれている。

そのおかげで、レオンたちもコソコソすることなくリーンを歩けるようになった。

また、それだけではなく、平民の中にもレオンたちを支持する者が大勢いた。

悪魔の末裔や反逆者という言葉に怯える者がいる一方で、強引なアーサーのやり方に不信を抱き、ヒースクリフを信じる声も多く上がっている。

そういった平民たちが「レオンやヒースクリフ様を助けたいならリーンに行くといいらしい」という噂を聞きつけて、ここに集まっているのである。

今やリーンは反アーサー派の町と呼べるほど、レオンたちに協力的であった。

◇

魔法具店の小さな屋上で手すりにもたれながらレオンは空を眺める。
王都のある方角だ。
その姿は見えないが、頭では王宮を想像していた。
考えているのは自分の体から抜け出した悪魔たちのことである。
「また、戦いになるのかな」
悪魔たちが人間界で戦うには依代《よりしろ》となる人間の体が必要である。
また誰かを誘拐してその体を乗っ取るつもりならば、レオンはそれを許さない。
戦わなくてはならない。
しかし、どことなくそんな気分にはなれないのだ。
「戦いたくない」
そんな風に思ってしまう。
そして、それはディーレインに対しても同じだった。
ディーレインは確かに強かった。

今のレオンでは手も足も出ないほどに。

しかし、レオンにはディーレインが本気を出していなかったように思えるのだ。

殺そうと思えばいくらでもそのチャンスはあったはずだ。

彼は本当は殺したくなかったのではないか、という考えが消えない。力の差があったのにレオンが勝利を収めたことが、それを証明しているようにも思えた。

「レオン」

声をかけられてレオンは振り返る。

そこにはヒースクリフが立っていた。

顔色は随分と良くなったが、改めて見る彼の顔はかなりやつれているように見えた。

それはきっと、水も食事も与えられていなかったことだけが原因ではなく、そのずっと前から……レオンが国外に逃げたあの日からずっと無理をしていたせいではないかと、レオンは思った。

「もう起きて大丈夫なの？」

レオンが聞くと、ヒースクリフは頷いた。

「君たちにばかり働かせて、僕が休んでいるわけにはいかないさ」

フッと笑うヒースクリフはどこか元気がない。

「……約束を破ってしまったな」

ポツリとヒースクリフが言った。

自分が必ず助けると約束したのに、結局助けられる立場になったことを悔いているのだ。

「そんなこと……」

気にしないでと言いかけて、レオンは言葉を止めた。

ヒースクリフの目に涙が浮かんでいた。

その涙が、彼がどれほど悔しいと思っているか、どれほど自分のことを情けないと思っているのかを告げていた。

レオンは笑う。おかしかったわけではない。

嬉しかったのだ。自分にはここまで思ってくれる友人がいる。

そのことがたまらなく嬉しかった。

「ヒース、どうしたのさ。やっと会えたのに、嬉しくないの？」

レオンはそう言った。ヒースクリフの言葉を受け流して、優しく笑う。

ヒースクリフは涙を拭った。

——泣くべき時は今じゃない。

そう思ったのだ。

まだやるべきことは残されている。今はまだレオンの優しさに甘えよう、と。

「嬉しいに決まっているさ」

ヒースクリフもそう言って笑い、二人は握手を交わした。

それから二人で王都のある方角に目を向ける。

「レオン、改めて僕の頼みを聞いてくれるかい」

ヒースクリフの目には力強さが戻っていた。

レオンは黙って話の続きを聞く。

「兄上は今、この国を自分のものにしようと躍起《やっき》になっている。今回の件ではっきりとわかった。兄上が次の国王になれば、この国に未来はない。僕は、兄上を止めたい。それを君に手伝ってほしい」

王位を継ぐという決意を暗に示したヒースクリフは、力強い眼差しで未来を見据えていた。

レオンは一つ頷いてから答える。

「もちろんさ」

二人はお互いに笑い合って、もう一度握手を交わした。

それから、レオンは南の空を見上げた。

遠くに見える山に、白い雲がかかっている。レオンの目はその山を通り越してさらに向こう、故郷の町を見ていた。

三年間、何度も会いたいと思った家族がそこにいる。帰りたいと思っても決して叶えることができないほど遠くにレオンはいた。

今は違う。行こうと思えばすぐにでも帰れるところまで来た。

しかし、今はまだ帰るわけにはいかない。ヒースクリフが王にならなければ、レオンが追われる身であることは変わらない。

このままでは家族にも迷惑をかけてしまうだろう。

「父さん、母さん、マルクス。僕は必ず帰るよ。全てを終わらせて、胸を張って皆のもとに」

レオンはまだ少しだけ遠い故郷に、もう一度そう誓うのだった。

異世界ゆるり紀行
子育てしながら冒険者します
1~16
水無月静琉
Minazuki Shizuru
シリーズ累計
123万部（電子含む）
突破!!
2024年7月7日~
TVアニメ
放送開始!!
（テレ東・BSテレ東ほか）
1~16巻
好評発売中!
コミックス
1~9巻
好評発売中!
異世界ゆるり紀行 子育てしながら冒険者します
水無月静琉
転生したら、双子を保護しました。
子連れ冒険者の異世界のんびりファンタジー!
子連れ冒険者ののんびりファンタジー!
神様のミスで命を落とし、転生した茅野巧。様々なスキルを授かり異世界に送られると、そこは魔物が蠢く森の中だった。タクミはその森で双子と思しき幼い男女の子供を発見し、アレン、エレナと名づけて保護する。アレンとエレナの成長を見守りながらの、のんびり冒険者生活がスタートする!
異世界ゆるり紀行 子育てしながら冒険者します
水無月静琉
みずなともみ
1
転生したら、幼い双子を保護しました。
シリーズ累計15万部!!
●16巻 定価：1430円（10%税込）
1~15巻 各定価：1320円（10%税込）
●Illustration：やまかわ
●9巻 定価：770円（10%税込）
1~8巻 各定価：748円（10%税込）
●漫画：みずなともみ

最強最古の神竜は、辺境の村人ドランとして生まれ変わった。質素だが温かい辺境生活を送るうちに、彼の心は喜びで満たされていく。そんなある日、付近の森に、屈強な魔界の軍勢が現れた。故郷の村を守るため、ドランはついに秘めたる竜種の魔力を解放する!

1〜24巻 好評発売中!

各定価：1320円(10%税込)　illustration：市丸きすけ

コミックス1〜12巻
好評発売中!

漫画：くろの　B6判
各定価：748円(10%税込)

●16巻 定価:1430円(10%税込)
1~15巻 各定価:1320円(10%税込)
●Illustration:人米

1～16巻
好評発売中!

勇者召喚に巻き込まれ、異世界に転生した僕、タクミ。不憫な僕を哀れんで、女神様が特別なスキルをくれることになったので、地味な生産系スキルをお願いした。そして与えられたのは、錬金術という珍しいスキル。まだよくわからないけど、このスキル、すごい可能性を秘めていそう……!? 最強錬金術師を目指す僕の旅が、いま始まる!

●7巻 定価:770円(10%税込)
1~6巻 各定価:748円(10%税込)
●漫画:ささかまたろう B6判

Re:Monster
リ・モンスター
1～9・外伝
8.5
暗黒大陸編1～4
金斬児狐
Kanekiru Kogitsune
シリーズ累計
170万部
（電子含む）
突破!
2024年4月4日～!
TVアニメ
放送開始!!
（TOKYO MX、BS11ほか）
ネットで話題沸騰!
怪物転生
ファンタジー
最弱ゴブリンの下克上物語 大好評発売中!
コミカライズも大好評!
【小説】
1～9巻／外伝／8・5巻
●各定価：1320円（10%税込）
●illustration：ヤマーダ
新章
【小説】
1～4巻（以下続刊）
●各定価：1320円（10%税込）
●illustration：NAJI柳田
【漫画】
1～11巻（以下続刊）
●各定価：748円（10%税込）
●漫画：小早川ハルヨシ

サービス残業から始まる現代ダンジョン英雄譚！

サービス残業続きの青年、渡陽向。「体を動かせば良い企画が思いつくはずだ」という考えから、彼は帰宅途中で目にしたダンジョンに足を踏み入れた。ついでにストレスを解消するため、モンスターをサンドバッグにしながらダンジョンを探索！ そんな陽向の前に、強大なモンスターと襲われている美少女が現れた!? 目立ちたくない彼はサクッと敵を倒して帰宅したのだが、少女が撮影した動画が拡散され、世界中でバズってしまう。ダンジョンでサービス残業をしていただけなのに…… 青年の冴えない人生は一変する!!

●定価：1430円(10%税込) ●ISBN 978-4-434-34064-2 ●illustration：riritto

この作品に対する皆様のご意見・ご感想をお待ちしております。

おハガキ・お手紙は以下の宛先にお送りください。

【宛先】

〒150-6019 東京都渋谷区恵比寿4-20-3 恵比寿ｶﾞｰﾃﾞﾝﾌﾟﾚｲｽﾀﾜｰ 19F
(株) アルファポリス　書籍感想係

メールフォームでのご意見・ご感想は右のＱＲコードから、
あるいは以下のワードで検索をかけてください。

アルファポリス　書籍の感想　検索

ご感想はこちらから

本書はWebサイト「アルファポリス」（https://www.alphapolis.co.jp/）に投稿されたものを、改稿、加筆のうえ、書籍化したものです。

没落《ぼつらく》した貴族家《きぞくけ》に拾《ひろ》われたので恩返《おんがえ》しで復興《ふっこう》させます 3

六山葵（ろくやまあおい）

2024年 6月30日初版発行

編集－今井太一・宮田可南子
編集長－太田鉄平
発行者－梶本雄介
発行所－株式会社アルファポリス
〒150-6019 東京都渋谷区恵比寿4-20-3 恵比寿ｶﾞｰﾃﾞﾝﾌﾟﾚｲｽﾀﾜｰ19F
TEL 03-6277-1601（営業）　03-6277-1602（編集）
URL https://www.alphapolis.co.jp/
発売元－株式会社星雲社（共同出版社・流通責任出版社）
〒112-0005東京都文京区水道1-3-30
TEL 03-3868-3275
装丁・本文イラスト－福きつね
装丁デザイン－AFTERGLOW
印刷－中央精版印刷株式会社

価格はカバーに表示されてあります。

落丁乱丁の場合はアルファポリスまでご連絡ください。

送料は小社負担でお取り替えします。


ISBN978-4-434-34070-3 C0093